DES ROMANS CHOISIS
PIQUETTE
1913
75 cents
OUVRAGE COMPLET

Gaston RAYSSAC

CHAPITRE PREMIER

Un dimanche au bois

— Te remue donc pas comme ça, ou nous sommes dans le lac... Le bateau est tout secoué.

— Bah ! as-tu donc si peur de prendre un bain de siège ?

— C'est pas pour moi, c'est pour ma robe. Si j'étais en costume pour ça, tu verrais si je crains de piquer une tête dans la grenouillère.

— Bah ! ta robe, on t'en paiera une autre si elle fait trempette...En attendant, on se balance. Le roulis... le tangage... On se croirait à la mer.

— A la mer ! tu ferais bien de me payer le voyage puisque tu es tout à la joie de tes examens passés : licencié en droit, aptitude au notariat. Toute la lyre !... Me voilà bonne pour le lâchage dans les grands prix...

— T'es bête, Friquette... Tu sais bien que c'est à la vie, à la mort entre nous deux...

— Peuh ! Que ferais-tu à Paris maintenant que tu as tes diplômes ? Un collage avec ta Naïs. Tu serais mal vu en province.

— Tu sais que j'ai mon doctorat à potasser. Deux ans à Paris encore...

— Le doctorat, c'est du luxe et tu n'es pas riche. Et ton Etude qui t'attend à Saint-Espanact.

— Elle m'attendra deux ans encore.

— Probable, mais ta mère sera plus impatiente. Tu m'as montré des lettres où elle te pressait de venir prendre la succession de ton pauvre père.

— Peuh, l'ami François Bergognoux qui gère mon étude n'est pas si pressé...

— Probable, il y trouve son compte et ne paie que très mal ses redevances. Ta mère s'en plaint.

— Oui, mais je ne lui coûte rien à ma mère. Deuxième clerc chez Me Borrus, je gagne suffisamment ma matérielle pour ne jamais la taper.

— Grâce à moi qui ne te revient pas cher.

— C'est pourquoi je veux te garder jusqu'à la gauche et faire ton bonheur le plus longtemps possible. Baladin, baladan !...

— Finis, voilà mon chapeau qui est tombé dans la limonade.

Anaïs Frich se pencha pour rattraper le paillasson fleuri de bleuets qui lui servait de coiffure.

Un remous l'éloigna.

Elle se lamentait et riait tour à tour.

C'était une jolie et fraîche blonde aux yeux noirs et mutins dans tout l'éclat de ses vingt printemps.

Jacques Darmagne, son amant chéri lui avait payé cette balade au Bois et naviguait avec elle entre les îles.

Le lac lui semblait un océan de bonheur depuis qu'il avait doublé avec succès le cap de ses examens.

Tout riait dans la vie à ce beau garçon dont les yeux expressifs de Latin sentimental, caressaient avec amour le charmant visage de sa douce compagne.

— Pleure pas, Friquette, on va te le repêcher ton galurin... Vrai ! ce qu'il flotte bien.

On dirait un vrai bateau de fleurs sur le fleuve Amour.

De la rame, il essayait de ramener le fugitif à portée de sa main.

Mais d'une yole qui louvoyait dans le voisinage, un coup de gaffe le repoussa au large.

— Eh ! ballot ! le fais-tu donc exprès ?

— Peut-être, répliqua le maladroit volontaire, qui, d'un second coup, fit chavirer le frêle esquif.

— Mon pauvre chapeau ! gémit la mignonne. Oh ! le vilain garçon !

— Pas la peine de chialer, fit l'autre en ricanant. Ohé ! on te connaît, la Friquette. Un de perdu, cent de retrouvés.

« Pour un galure de neuf cinquante, tu ne vas pas te lamenter jusqu'à perpète...

— Imbécile ! clama Jacques furieux.

Il se dressa sur son tillac en face de l'adversaire qui en fit autant en se gaussant de lui.

Les deux mains dans les poches de son pantalon haut remonté par des bretelles bien apparentes sous le veston débraillé, la casquette en arrière et la cravate verte négligemment nouée, celui-ci, gros gars au menton carré, au regard effronté, le sourire à la gouaille, dévisagea l'étudiant avec toute son impudence de voyou.

Et cette provocation eut le don d'exaspérer Jacques qui, d'un coup de rame bien appliqué sur la nappe liquide, envoya une douche violente sur l'insolent individu.

Il fut inondé de la tête aux pieds et trébucha sous le choc de la vague.

Il voulut riposter par un coup direct de sa gaffe ; mais Jacques l'esquiva en faisant pivoter brusquement son bateau qui, achevant son virage, vint heurter rudement le bord de l'ennemi.

Celui-ci, qui sans doute n'avait pas le pied marin, malgré les apparences aquatiques de sa cravate et de sa tenue, perdit l'équilibre, bascula contre le bastingage bas et fit un plongeon retentissant qui épouvanta canards et cygnes, et souleva une clameur parmi les équipages des escadres environnantes...

— Oh ! mon Jacques, qu'as-tu fait ? Pourquoi te commettre avec ces fripouilles...

— Des fripouilles qui te connaissent, Naïs, et qui pour peu te tutoieraient.

— Des camarades du faubourg, de Ménilmuche, dont je suis native.

Tandis que son compagnon repêchait le naufragé à grand'peine, en quelques coups de rame, Jacques s'éloignait du théâtre de sa victoire navale. Son adversaire, remonté à bord, lui montrait le poing d'un air furieux.

— On se reverra... Et Belle-Gueule te montrera s'il est bien dessalé...

Friquette aidait à la manœuvre pour fuir une nouvelle échauffourée.

— Mauvaise affaire ! murmurait-elle. Le mec a de la rancune.

Et au débarcadère, elle s'appuya avec un sanglot étouffé sur le bras de son bel amant.

— Dis, mon Jacques, tu ne me laisseras pas.

— Mais non, mais non, je te l'ai dit.. On va potasser ensemble le doctorat.

— Mais après ?...

— Dame ! après ? on verra. A chaque jour suffit sa peine... Deux années... On a le temps de s'aimer comme pour une éternité.

— C'est que, vois-tu, chéri, l'avenir me fait peur...

— Peur ! oh ! la poltronne. Et de quoi s'il te plaît ? De ces chevaliers de la lune ?

— Oh ! tu ne les connais pas. Si tu avais vécu comme moi, côte à côte avec ces garnements... Mais, dis, c'est vrai que tu ne me lâcheras pas ?...

— Mais non, grande bête, tu peux me croire... te fier à moi. Je t'aimerai toujours.

Elle secoua la tête tristement et s'agrippa plus fort à son bras tutélaire.

Elle frissonnait au ressouvenir du passé qui était venu troubler sa présente liesse.

Le passé, le passé maudit qui se dressait devant elle, inopinément, avait étouffé toute joie en son cœur léger de tendre midinette.

*
* *

Ce passé qui était si près du présent, elle le revoyait se dresser comme une terrible menace pour l'avenir.

C'était son enfance qu'elle évoquait maintenant, son enfance de faubourienne au sortir de la Maternelle ; ses errances autour du Père-Lachaise avec de petites compagnes, déjà curieuses et frôleuses du vice, qui volontiers se laissaient amorcer par les petits cadeaux des vieux marcheurs et les caresses des garçons...

Les rendez-vous dans les coins de la place des Fêtes et les balades dans les allées des Buttes-Chaumont n'étaient pas sans charmes et volontiers, elle se laissait entraîner en de dangereuses expéditions, où elle récoltait quelques friandises ou quelque plaisir en allant se risquer en des bars interlopes ou aux bals-musettes du quartier...

C'était une précieuse diversion à l'enfer du foyer familial ; là-bas au fond de la rue de la Chine, dans une cité ouvrière, une bicoque avec un vaste jardinet enclos de palissades et de piquets branlants où séchaient étendus sur des cordes des hardes, chiffons et nippes, variées et versicolores.

Parmi une tripotée d'enfants, régnait la mère omnipotente, qui, entre deux séances au lavoir, étrillait consciencieusement sa progéniture indocile, trop encline à suivre à rebours le chemin de l'école.

Puis la rentrée du père, les soirs de paie, ne se passait pas sans orages et bourrades. Tout le monde à la maison écopait ; car invariablement il rentrait ivre et avait le vin mauvais.

Son humeur se manifestait par une exécrable irritation contre tout ce qui contrariait son vice et en particulier, contre le remords intime d'avoir compromis par des libations trop prolongées l'existence de la maisonnée durant la semaine à passer le ventre creux...

La ménagère, courageuse et vaillante à la tâche, palliait les déplorables effets de l'intempérance maritale ; mais ça n'allait pas sans quelques accrocs à la paix du ménage, troublé souvent par les révoltes de la femme surmenée...

Aussi Naïs, en doublant le cap de sa quinzième année, se risqua-t-elle à franchir le Rubicon de l'indépendance.

Elle écouta le tentateur qui, sous les traits d'un adolescent aux gestes canailles et audacieux, voulut bien lui prouver qu'à son âge, une jeune fille était mûre pour le plaisir et la liberté.

— Vois-tu, Naïs, lui disait Belle-Gueule, il faut savoir profiter de la jeunesse. Ce n'est pas quand tu seras vieille et laide qu'il faudra songer à faire la noce et conquérir la fortune. Pour le moment, si tu veux, nous irons ensemble par des petits sentiers dont tu me diras des nouvelles. Ils conduisent partout où l'on s'amuse, où l'on chante, où l'on danse et où l'on rigole... Par là la jeunesse s'instruit et se forme pour les luttes et la conquête de la richesse...

Elle écoutait, peu convaincue. Mais enfin elle voulut savoir, goûter un rien à cette coupe de la vie qu'on lui offrait, dont elle ne devait savourer que le nectar et dont elle pensait esquiver la lie trop amère...

Belle-Gueule la conduisit à Montmartre, l'Eldorado des belles filles et le grand marché des primevères... Et la noce battit son plein durant quelques jours.

Ils avaient mis en commun leurs petites économies, fruits de leurs premiers efforts dans le travail honnête qui les avait vite excédés.

Leurs aventures furent brèves et devaient vite aboutir au désenchantement et à la gêne. Le garçon savait où il allait et ne désespérait pas de remonter le courant.

Il essayait de pousser Naïs dans une voie où ils devaient trouver tous deux le salut et la pitance quotidienne.

— Vois-tu, ma chère, lui disait-il de sa voix la plus insinuante, ça te coûtera si peu et ça nous rapportera tant de plaisir, que tu n'as pas à hésiter... Un peu de complaisance et nous arriverons vite à rouler carrosse, des taxis tout d'abord, puis la belle limousine en attendant le petit hôtel et les rentes...

Naïs eût bien voulu la fin, mais les moyens lui répugnaient quelque peu...

Elle préféra émigrer vers le quartier Latin, où elle fit la connaissance du gentil étudiant, qui devait l'arrêter sur la pente fatale où elle allait rouler.

II

Ménage d'étudiant

Le lendemain, pendant que Jacques était au cours du matin à la Faculté, Friquette s'occupait du ménage en leur chambre commune sise à l'Hôtel du Globe, rue de la Huchette.

Une chambre au quatrième, assez vaste et qui avait pour annexe un cabinet de toilette, cuisine et garde-robe tout à la fois.

Vers dix heures, un coup pourtant discret fit tressaillir la jeune fille.

Elle alla ouvrir, le cœur angoissé sans trop savoir pourquoi.

Mais en reconnaissant le visiteur, elle pâlit et comprit la cause mystérieuse du pressentiment qui l'agitait.

Narcisse Abret, dit Belle-Gueule, se dressait sur le seuil, la cigarette au coin des lèvres avec un sourire de mauvais augure.

Le méchant garçon entra sans façon et vint se camper à califourchon sur une chaise.

— Oui, c'est moi-même en personne. Crains rien, Friquette, ton gigolo ne rentrera pas avant onze heures. On a un moment pour causer.

— Je n'ai rien à te dire, Narcisse.

— Si moi, car je m'intéresse à toi, petite... On s'est connu si gosse... Tu ne te souviens donc pas de nos parties de barres et de cligne-musette à Ménilmuche sur le boulevard, à Saint-Fargeau ou sur la place des Fêtes... Ingrate ! Ce qu'on rigolait.

« On jouait au petit homme et à la petite femme...

« Te souviens-tu de tous les bibelots que je chipais pour toi aux étalages ?

— En effet, murmura Friquette, tu étais plutôt un grinche en herbe...

« Tu promettais...

— Eh oui, je me la suis coulée douce depuis, sans me faire poisser trop souvent, deux fois tout au plus.

— C'est suffisant...

— Pour sûr... Car ces messieurs de la Tour pointue ne sont pas commodes ni d'un commerce agréable...

— Enfin où veux-tu en venir ?... Que me veux-tu ?

— Ceci tout simplement : m'occuper de ton avenir.

— Mon avenir... il est tout tracé et tient tout entier dans le présent...

— Tu blagues...

« As-tu la prétention de me faire croire que tu comptes sur ton étudiant ?

— Pour sûr que j'y compte.

— Pauvre fille ! tu bats la breloque. Tu cours à un lâchage imminent et sensationnel.

« Te donnera pas seulement mille balles, comme petit cadeau p. p. c. à moins que je n'y mette bon ordre.

— Jacques ne me lâchera pas encore.

— Erreur ! il arrive à un tournant critique de son existence.

« A moins de rater sa vie, il doit prendre une décision rapide en trois temps : primo, te lâcher en cinq sec; secundo, regagner son patelin au pas gymnastique : tertio, reprendre l'étude de son paternel et faire le mariage de raison qui lui assurera l'estime de ses compatriotes, en général et de ses clients en particulier.

— Pardon ! il veut poursuivre ses études de doctorat.

— Bêta ! il n'a pas assez de galette pour ça, ni le temps nécessaire.

« Pour lui, le temps est de l'argent, et l'argent il lui en faut de suite pour rétablir ses affaires compromises.

— Tu ne sais ce que tu dis et sa résolution est prise. Il veut rester avec moi encore longtemps.

« Il n'est nullement pressé de reprendre son étude qui est bien gérée par un remplaçant provisoire...

— Allons, tu te leurres, ma pauvre vieille. Ton amant va te plaquer... Il le faut et, si cela est utile, je saurai dans ton intérêt l'y contraindre.

— Je te dispense de t'occuper de mes affaires... A quel titre d'ailleurs ?

— Acré ! comme un vieux poteau ; voyons, je te le répète, as-tu oublié notre enfance ?

— Hélas ! il ne m'en souvient que trop !

— Peuh ! je t'ai un peu embrassée ou taloché tour à tour. Tu ne m'en veux pas, je pense, de ces marques d'amitié.

— Non, si tu ne t'obstines pas à m'imposer tes exigences.

— Si, car il le faut. Tu as besoin d'être conseillée, protégée...

— Merci de tes conseils et de ta protection. Je sais que tout cela est intéressé.

— Et après, c'est bien mon tour de profiter d'une belle fille... Aussi tu vas me faire le plaisir de lâcher promptement le godelureau qui actuellement t'a sous sa coupe.

— Jamais !.... Je l'aime.

— Allons donc ! c'est une vie de misère que tu te prépares avec lui.

« Son malheur et le tien.

« Tandis que si tu m'écoutes et me suis, c'est une existence large et abondante qui sera ton lot. Tu seras riche et joyeuse, élégante et à la mode.

« On rigolera bien tous deux. Une belle gonzesse comme toi doit nager dans l'abondance et le luxe.

— Que tu te promets bien de partager.

...Tu sais si bien nager... Or, comme tu n'as pas la moindre fortune et que tu es incapable de gagner même l'aisance par ton travail, c'est encore au vol et à la prostitution que tu te voueras et me voueras moi-même pour arriver à cette opulence et à cette noce que tu fais briller à mes yeux...

— Eh ! cela ne vaut-il pas mieux de choisir cette revanche sur l'injustice du sort que de végéter éternellement dans la médiocrité ou même la gêne.

— Non, j'aime mieux la gêne et voire la misère avec celui que j'aime que la richesse avec d'autres.

— Que tu es gourde et romance ! ricana Belle-Gueule, tu n'entends rien aux affaires. Et on te roulera par des sentiments... Crois-moi, suis-moi tant qu'il est temps encore.

— Non, je ne veux rien entendre.

— Peu importe...

« Je saurai te sauver quand même et tu seras obligée de marcher droit...

« De gré ou de force.

— Je voudrais bien savoir comment tu arriveras à m'y contraindre, fit Naïs en se redressant d'un air de défi.

— Oh ! c'est bien simple... Une autre personne va se charger de faire la besogne qui m'intéresse.

— Quelle personne ?

— Eh ! la maman du garçon qui vient à Paris pour le ramener dans le droit chemin de la vertu et du notariat.

— Lâche ! c'est toi qui l'as prévenue.

— Peut-être bien, ricana le coquin, pour une fois, je serai l'auxiliaire de la bourgeoisie et de la bonne cause, de la famille et de la propriété.

« C't'pauv' vieille, ce qu'elle va me remercier de faire ça pour elle ! Songe donc, elle est à moitié ruinée.

« Seul son fils peut relever l'honneur et la fortune de la famille.

— Ça, je m'en fiche et Jacques aussi. Nous nous aimons, un point c'est tout.

— Ah ! tu crois ça, pauvre cervelle ; tu ne te rends donc pas compte de l'emprise que peut avoir sur ton gigolo les sentiments que tu connais pourtant : famille, honneur, propriété et tout le bataclan des préjugés provinciaux...

— Zut ! nous sommes au-dessus de tout cela.

— Peuh ! Tu vas voir si tu pourras résister à toute cette litanie qu'on te prépare...

« La vieille va venir te la débiter.

— Tu lui as monté le coup, sale tripoteur.

— Un peu, mon cousin. Les lettres anonymes ne sont pas faites pour les chiens...

« Je sais qu'elle est arrivée à Paris... On sonne...

« Je pense bien que c'est elle qui s'amène pour te chapitrer en l'absence de son fiston. Introduis-la.

« Je m'esbigne.

Il alla s'enfermer dans le cabinet, tandis que Friquette allait ouvrir.

Une vieille dame à l'aspect respectable entra en saluant d'un air grave.

— Mademoiselle, je suis Madame Darmagne et j'ai à vous parler au sujet de mon fils.

Naïs se redressa pour la bataille.

— Oui, vous venez me disputer votre fils, fit-elle. Je vous défie bien de l'arracher de mes bras.

La dame eut un sourire triste et alla s'asseoir, sans qu'on l'y invitât, dans l'unique fauteuil.

Friquette s'installa devant le bureau et se mit à jouer avec le coupe-papier de Jacques.

— Oh ! ma chère enfant, fit la mère, quittez ce ton agressif. Je ne viens nullement faire un coup de force qui n'est ni dans mes moyens ni dans mes goûts.

« Je veux simplement faire appel à votre bon sens et à votre cœur.

— Soit, mais, je vous préviens que l'un et l'autre me conseilleront de résister à vos prétentions sur mon ami.

« Vous ne sauriez prétendre me persuader de renoncer à une situation avantageuse, car Jacques gagne largement notre vie à nous deux, ni m'inciter à abandonner un homme que j'aime profondément.

— Si, précisément, j'ai l'assurance que vous ne voudrez pas vous acharner à faire le malheur de mon fils en persistant à vous attacher à lui.

— Comment mon amour peut-il lui nuire ?

— Il lui nuit en l'invitant à rester ici dans une situation qui ne peut être que provisoire et aléatoire.

« Actuellement, Jacques doit songer à son avenir qui est tout préparé.

— Il ne fait que l'améliorer en travaillant pour son doctorat.

— C'est une erreur, le doctorat est inutile et n'est qu'un prétexte pour rester avec vous.

« L'étude qui l'attend périclite entre les mains du remplaçant qui cherche à détourner la clientèle ou même à s'attribuer la charge...

« Il est jeune.

« Il se lassera en voyant tous les inconvénients d'une situation fausse.

« La misère imminente pour un déraciné ébranlera son amour.

« Son aspiration vers une vie régulière et honorable, son amour de la campagne et du clocher natal...

— Je l'aime, murmura Naïs, et je saurai le soustraire à toutes ces idées contraires.

— Ses scrupules, son attachement à sa vieille maman, tout concourra à le ramener à une existence plus normale...

— Je l'aime, répéta Naïs avec une obstination qui faiblissait.

« Et il m'aime.

— Il doit rentrer à la maison paternelle, affirma la dame fermement ; l'honneur l'y oblige.

« Les affaires vont mal au pays. Il y a des dettes sacrées à acquitter.

— Il en est une de plus sacrée pour lui : c'est de rester fidèle à notre amour.

— Il est un devoir qui l'emportera dans son cœur, Jacques ne laissera pas sa mère, sans abri et sans pain...

Naïs eut un sanglot étouffé et elle eut la claire vision qu'elle ne serait pas la plus forte en ce conflit de sentiments.

« Elle serait vaincue dans le cœur de Jacques qui adorait sa mère et qui ne le lui avait pas caché...

Touchée elle-même, la jeune fille soupira :

— Non, je ne veux pas qu'il abandonne sa mère.

— Et sa mère ne vous abandonnera pas, déclara la dame triomphante en ce débat qui, elle le sentait, allait tourner en un assaut de générosité.

« Il me reste des bribes de notre fortune ; je différerai le paiement de certaines dettes moins criardes que les autres.

« Je mettrai trois mille francs à votre disposition qui vous permettront de vous établir, d'acheter un petit fond.

— Je ne veux rien de vous ni de lui, madame, je tiens à ce que mon sacrifice soit désintéressé...

A cet instant la porte du cabinet s'ouvrit comme par enchantement. Belle-Gueule parut et protesta :

— Oh ! pas de ça, Lisette...

« Faut pas la faire à la générosité, au prix où est le beurre au jour d'aujourd'hui.

— A quel titre, monsieur, vous mêlez-vous des affaires de mademoiselle, fit Mme Darmagne passablement interloquée.

— Un vieux camarade d'enfance, un poteau ou un frère, quoi... « Friquette n'a pas connu que votre fils à lui vouloir du bien. Or, ce n'est pas trois mille balles qu'il faut lui abouler, c'est quatre au moins.

— Les voici, dit rondement la dame en prenant quatre billets dans son sac à main.

— Oh ! la ! la ! déclara le drôle en empochant la somme, pour une dame ruinée, vous avez le billet facile...

« Et vous prenez vite la balle au bond, trop vite, car j'ai dit quatre au moins...

« Il faut en ajouter quatre autres.

« Je connais un amour de petit magasin de mercerie qui ferait l'affaire de Naïs comme la bague au doigt.

— *On se reverra,... et Belle-Gueule et montrera s'il est bien dessalé... (page 8.)*

« Il est à vendre pour six mille et deux pour marcher, ça ferait la rue Michel...

— J'ajouterai deux billets, mais pas un de plus...

— Oh ! vous marchandez quand on vous rend votre fils qui va vous gagner des milles et des cents : pas gentil ça... Aussi j'en exige six en plus...

« Il nous faut dix mille chiffre rond.

« Je devine que vous les avez dans votre sac...

— Narcisse, protesta Naïs avec indignation, je dois avoir le dernier mot et je ne veux rien, rien...

— Ah ! je voudrais bien voir ça, protesta Jacques. Déjà ma mère m'a soufflé un mot de ses prétentions.

« Il paraît qu'il ne les cache aujourd'hui à personne.

— Faut le mettre au plus vite au pied du mur, ce brigand, et le faire rendre ton bien dare-dare, mon Jacquot.

« Plus tu attendras, plus il s'y cramponnera, à ton étude...

Jacques bondit, saisit sa canne et son chapeau. Depuis la veille, il s'était attardé en ses rêveries dans le clos paternel, au long du ruisseau aux rives verdoyantes.

« Sous la saulaie, il voyait fuir une ombre charmante, une Amaryllis qui ressemblait trait pour trait à sa Naïs tant regrettée.

Sa mère n'avait pas voulu troubler cet état d'esprit et de cœur dont elle voulait ménager la sensibilité morbide.

— Ça se passera, se disait-elle, il faut lui laisser le temps d'oublier. Ne nous pressons pas aujourd'hui. A demain les affaires sérieuses...

Trois jours s'étaient écoulés en ces troublantes méditations. Mais maintenant, Jacques en avait pris son parti.

La rage d'être dupé lui faisait oublier les blessures du cœur.

Il courut vers le village où l'étude était sise.

Une distance de deux kilomètres à peine, la séparait du clos des Vignes.

Mais, à quelque cent mètres de la route à mi-coteau s'élevait une sorte de castel mi-ruiné, entouré d'un mur ceinturant un verger avec de gros arbres fruitiers : noyers, pommiers, poiriers et autres producteurs de bonnes espèces.

Sous ces ombrages, une blanche vision frappa notre apprenti notaire.

— Mathilde, soupira-t-il, au ressouvenir d'une petite camarade d'enfance qu'il avait quittée grandelette déjà et vaguement amoureuse...

*

C'était au temps heureux de son enfance, Jacques avait été toujours au Lycée un élève studieux et appliqué qui trouvait du plaisir à l'accomplissement de ses devoirs et à l'étude de ses leçons.

Il n'était donc pas de cette catégorie de cancres pour qui l'internat est une geôle insupportable. Il se consola avec ses camarades, et en dépensant durant les récréations, l'excédent inemployé de son activité, il jugeait que la vie était bonne même en ne jouissant que d'une liberté relative.

Puis les vacances étaient au bout des efforts de l'année scolaire comme une récompense lumineuse, parfumée et joyeuse. En y pensant, Jacques humait l'air pur de la liberté, jouissait du soleil éclatant, des fleurs qui diapraient les prés et les bois ; les chansons joyeuses des pastours et pastourelles le ravissaient.

Il valait la peine de souffrir un peu de contrainte et de géhenne avec un tel réconfort au fond du cœur ; il suffisait pour réchauffer l'imagination par de fulgurantes visions. Ah ! qu'il ferait donc bon courir les bois et les les grosses écrevisses qu'il était aussi agréable de capturer que de croquer !...

Et Jacques voyait encore la charmante enfant qui se trouvait souvent sur son chemin et partageait volontiers ses randonnées. Depuis toujours il l'avait rencontrée, la petite nièce du vieil Alcide Bergognoux, toujours disposée à le suivre dans ses plus folles équipées : pêches, chasses au collet et au trébuchet, promenades d'exploration à travers des régions inconnues loin du toit familial, et au retour desquelles on était tant grondé de part et d'autre, qu'on perdait pour longtemps le goût de recommencer.

Cependant on ne renonçait pas pour cela aux aventures et à chaque vacance, de nouveaux plans de campagne s'ébauchaient et s'accomplissaient...

Jacques avait la douce souvenance d'une partie complotée durant huit jours avant d'être mise à exécution. Il s'agissait, en effet, d'une excursion lointaine dans le Causse qui s'étend sur les plateaux montagneux du Quercy.

Dans les parages de Marmagnac-le-Haut, il y avait de curieuses choses à visiter. Les ruines d'un château féodal, dont la légende était merveilleuse, et, non loin, une grotte profonde au milieu de laquelle jaillissait une source abondante...

Mais il fallait franchir des lieues et des lieues, cinq ou six tout au moins... De quoi décourager des jambes moins agiles que celle de nos intrépides voyageurs.

Comme on ne s'embarque pas sans biscuits, Jacques eut soin de se munir d'un bissac bien garni et Mathilde arriva au rendez-vous aux aurores avec un panier rebondi...

Et l'on se mit en route gaiement. Il fallut tout d'abord gravir les collines et les redescendre, en franchir d'autres avant d'arriver au niveau des Causses, sorte de lande où le chêne remplace le sapin, mais assez abondamment pourvue, parmi les pierres, de thym, de genièvre, de buis et de genêts sans oublier l'ajonc aux boutons-d'or et les fougères et les bruyères aux pâles clochettes, et les orties aux pointes hérissées et piquantes autour des mauves fleurons.

Et çà et là, épars, de grands troupeaux que le pâtre, encore ensommeillé au sortir de sa cahute roulante et coiffée de paille, libérait du parc où il les avait enfermées durant la nuit. Les moutons bondissaient en bêlant dans l'air frais du matin, parmi les buées que le soleil à la chaleur renaissante commençait à dissiper et à fondre peu à peu...

Comme les agneaux folâtres, notre couple joyeux courait par les sentiers aux bordailles de pierre sèche et se grisait d'air pur et de senteurs sylvestres...

Vers midi, comme le soleil montait à l'horizon, la fatigue se fit sentir et l'appétit de même.

— Si l'on déjeunait par ici, déclara Mathilde.

— C'est une idée, il fait faim, grand faim !

— Oh ! l'on a pris des acomptes tout le long du chemin...

— Il est si long qu'il creuse... cela nous reposera de nous sustenter.

— Allons donc nous asseoir en rond sur ce tapis de verdure à l'ombre de ce bouquet de chênes et déballons nos victuailles.

Ils firent honneur d'abord aux provisions de Jacques : du veau froid, du saucisson, du fromage de chèvre, des poires avec une fiole de vin pour arroser le tout...

Mathilde mangea de bon appétit et quand elle eut tout fini avec l'aide de son compagnon, elle poussa un cri d'indignation...

— Oh ! Jacques, votre sac est vide et mon panier est encore plein...

— Et tu crois que tu vas le trouver bien lourd... Rassure-toi, m'amie, je m'en charge...

Ils repartirent tenant le panier chacun par une anse, se disputant pour le porter...

Ils ne tardèrent pas à arriver en face des ruines qu'ils parcoururent avec intérêt, Mathilde racontant avec emphase à Jacques, qui écoutait bouche bée, l'histoire prestigieuse de la châtelaine... Celle-ci attendit dix ans son époux prisonnier des Infidèles et eut le bonheur de le voir revenir, juste à point pour la délivrer alors que le castel était assiégé par un prétendant barbare qui la croyait veuve...

De là, nos voyageurs allèrent à la grotte dont les pittoresques parois s'illuminèrent des bougies et des feux de Bengale que Jacques s'était procurés à grand'peine...

On goûta sur l'herbe, devant son orifice, et, comme la fiole était tarie, on alla la remplir à la source d'eau de roche... Ce fut délicieux !

Mais ce qui le fut moins, ce fut le retour ; car la nuit surprit nos voyageurs avant la rentrée au bercail... Et il était bien dix heures quand, au clair de lune, ils reconnurent enfin le clocher du village...

On courut d'abord au Clos des Vignes où Jacques prit sa part de la bordée de l'oncle Alcide avant d'aller recevoir les compliments d'une cinglante ironie de ses parents. De part et d'autre, on subit une peine de réclusion durant trois jours...

Et ce fut en songeant à tous ces souvenirs du passé, que Jacques revit l'héroïne de leurs exploits enfantins...

De loin il la devina belle et svelte, plantureuse et mûrie, au lieu du fruit vert et acide qu'il avait jadis connu.

Mathilde Ardon était la nièce et pupille du vieil Alcide Bergognoux qui vivait en ladre vert dans cette gentilhommière vétuste, avec la fille de sa défunte sœur qu'il avait élevée tant bien que mal avec l'aide du curé, de l'institutrice et sous la surveillance des diverses gouvernantes qui avaient régné tour à tour dans sa maison.

Jacques tressaillit d'allégresse en reconnaissant celle avec laquelle il avait si souvent vagabondé par les prés et les bois, avec la mignonne voisine dont la vision vint soudain ajouter une ombre de plus sur le rantôme pâlissant de la princesse lointaine, Naïs, qui l'avait fait tant souffrir, par un brutal abandon...

Mais pouvait-il savoir combien les souvenirs d'enfance de sa compagne d'occasion étaient différents des siens ? Combien était bas et vil le camarade retrouvé !

Pauvre Friquette ! Quel mérite avait-elle et quel courage pour essayer de réagir, de remonter le courant, de conserver quand même intact ce fonds de naïve candeur et d'honnêtes instincts, transmis par une obscure ascendance ou produits en une floraison spontanée !...

Il la regrettait un instant auparavant. Mais la silhouette au sourire charmant avait soudain opéré le miracle de cicatriser la blessure récente de son cœur...

Décidément le métier de notaire en ce pays pittoresque reprenait quelque charme à ses yeux de Parisien impénitent.

Cela lui donna un nouveau courage pour voler vers le bourg à la conquête de l'étude contestée.

François Bergognoux qui causait avec un paysan sur le seuil le vit arriver de loin et le reconnut sans peine.

Il eut un sourire rogue et la mine d'un chien auquel on vient disputer un os.

— Salut, maître, fit-il, d'un ton sarcastique au concurrent qu'il voulait évincer.

« Nous avons quitté Paris et abandonné la conquête de ce doctorat, clef de si hautes situations dans la magistrature, le conseil d'Etat, ou l'administration...

— Mais oui, j'y renonce, répliqua Jacques d'un air dégagé.

« L'ambition perd l'homme et rien ne sert de courir après la fortune, quand on a chez soi, à sa portée cette « aurea mediocritas », cette médiocrité dorée dont parle le poète...

— Vous parlez en homme avisé, mon jeune maître.

— Maître vous-même. Hélas ! je ne puis encore prétendre à ce titre tant que le Garde des Sceaux ne l'aura pas ratifié par une nomination en règle.

— Ah ! vous voulez vous établir en notre pays.

« En effet il ne manque pas dans les environs ou même à Figeac, au chef-lieu d'arrondissement, des études à vendre qui vous iraient comme un gant.

— Point n'est besoin d'aller chercher si loin, ce que j'ai ici sous la main.

— En effet à Conignac au canton, il y a l'étude de mon concurrent, Me Blainot, qui est à six kilomètres du clos des Vignes.

« Je suis sûr que sa fille...

« Ne vous faisait-elle pas les yeux doux naguère...

— C'est possible.

« Mais son père ne paraît pas encore disposé à céder à un gendre une étude dont je n'ai nulle envie ayant mieux à proximité...

— Où diable, mon cher, avez-vous jeté votre dévolu ? Car je ne vois rien d'autre qui soit dans un rayon de moins de cinq lieues.

— Vous oubliez le notariat de Saint-Espanact.

— Oh ! c'est une chasse gardée, fit Bergognoux dont le visage se figea soudain en une dure expression.

« J'y suis, j'y reste.

— C'est bien ce qu'on dit, ricana Jacques, et je m'attendais à cette réminiscence du Tartuffe.

« La maison est à moi, c'est à vous d'en sortir.

— Parfaitement, répliqua sèchement le tabellion.

— Vous oubliez la parole donnée.

— Je ne l'ai pas donnée à M. le Garde des Sceaux qui m'a nommé. Je me suis engagé seulement à verser le prix, un bon prix...

« Je suis prêt à remplir cette dernière clause.

— En quelques années, vous n'avez pu réunir la somme nécessaire : trente mille francs...

— Qu'en savez-vous ? Bientôt vous n'en pourrez douter... Quand je vous la verserai rubis sur l'ongle... Vous ne pouvez revendiquer que le prix.

« Le Ministre n'entre pas dans les conventions entre particuliers autres que celles qu'il voit dans l'acte de cession...

— J'ai une contre-lettre.

— Vous ne pouvez vous en prévaloir, vous dis-je. Bienheureux que vous serez de toucher un prix avantageux.

— Je ne crois pas à la possibilité de ce règlement. Impossible d'économiser trente mille francs en si peu d'années dans une étude comme celle-ci.

« Les clients ne sont pas taillables et corvéables à merci et les spéculations sont interdites aux notaires.

— Eh ! mon jeune maître, fit François avec un sourire railleur, on a ses amis, ses parents et ses espérances matrimoniales tout comme un autre...

Jacques eut un éblouissement : l'oncle Alcide, la cousine Mathilde : c'étaient là sans doute les espérances dont se targuait François, l'ancien clerc de son père devenu patron et qui tenait à rester en cette place....

Alors cette jeune fille qu'il venait d'entrevoir et qui lui avait renouvelé tout un frais passé de pure affection et de chastes amours, il lui fallait y renoncer aussi en faveur de ce bellâtre, aux larges épaules, aux traits vigoureux, aux regards luisants d'astuce et de cupidité...

Il lui avait pris la situation réservée, il voulait encore lui voler le bonheur dont il avait caressé un instant du regard l'image ressurgie des brumes de son passé d'enfant passionné et tendre.

Non, cela ne serait pas, il acceptait le litige et saurait combattre le balourd pour l'exclure de tous les avantages dont il entendait se targuer.

Cette cession caduque, il la ferait révoquer.

Ce mariage espéré, il le ferait rater.

Mathilde ne pouvait l'avoir oublié ; elle ne saurait lui préférer ce rustre qui n'avait ni honneur, ni respect pour la parole donnée.

Il salua cavalièrement ce rival qui se découvrait et reprit le chemin de son logis.

Comme la forme blanche errait toujours sur la terrasse du castel, il prit le chemin qui allait de la route vers le castel des Côtes, franchit une poterne de plein cintre d'un grand style, gravit un escalier branlant et se trouva sur la terrasse où se promenait la charmante Mathilde, qui l'éblouit de son aspect charmant.

Un visage d'un parfait ovale, bouche rouge et un peu charnue, teint de lys et de rose, des yeux glauques et d'une douceur admirable sous les boncles chatain clair qui recouvraient son front pur.

Sans l'ombre d'une hésitation, elle alla vers Jacques la main tendue.

— Enfin, dit-elle, vous vous décidez à me venir voir ! Depuis trois jours que vous êtes arrivé...

Sa voix harmonieuse et d'une charmante suavité essayait en vain d'être grondeuse et sévère.

On sentait que la jeune fille pardonnait le retard à la faveur du plaisir désiré et exaucé enfin...

— Enfin, ajouta-t-elle indulgente, il n'est jamais trop tard pour bien faire...

— Hélas ! répliqua-t-il, excusez mon peu d'empressement et mettez mes hésitations à venir vous présenter mes hommages sur le compte de mon désir de ne pas paraître indiscret.

— Indiscret, vous, Jacques, mon vieux camarade !

« Voilà bien une parole de trop entre nous.

— L'indiscrétion n'aurait pas été, je crois, à votre encontre : mais je pense, si l'on en croit la chronique, que votre oncle Alcide aurait pu et pourrait s'en froisser...

— Eh ! comment donc serait-il plus susceptible aujourd'hui que jadis !

« Il vous témoigna, malgré son caractère un peu spécial, beaucoup de sympathie et vous fit toujours bon accueil.

— C'est vrai qu'il supporta sans bougonner notre intimité d'autrefois... Mais aujourd'hui, il a peut-être des raisons pour s'y opposer...

— Mais je ne le crois pas, protesta la jeune fille.

« Il n'a pas plus de raisons que moi pour nous empêcher de nous témoigner la bonne amitié qui nous liait avant votre départ pour Paris.

— Il y a cinq ans de cela, vous aviez à peine quinze ans...

« Et maintenant...

— Je suis presque majeure...

« J'ai bien le droit, je pense, de rester fidèle à mes affections d'enfance et d'adolescence.

— Il pourrait avoir des vues tout autres sur vous.

— Je ne le crois pas... Du reste, je n'en ai cure... Mais, si vous craignez cela, vous pourriez le sonder adroitement...

« Et alors on verrait.

La jeune fille avait eu comme une hésitation dans la voix.

Cependant elle prononça la dernière phrase avec un air de fermeté et de défi qui fit palpiter le cœur de Jacques...

Ah ! comme était loin de son cœur le souvenir de la pauvre Naïs qui avait si peu hésité à lui préférer un chenapan qui la voulait gruger en lui laissant entrevoir un avenir de luxe et de vanité.

Il ne pouvait apprécier tout ce que ce mouvement de la fille, en le quittant, recélait de renoncement et de générosité.

Tout au plus lui savait-il gré de lui avoir ménagé l'heure exquise dont il savourait à cet instant le charme prenant.

Mathilde, assurément, entrerait dans ses vues et lui accorderait ce qu'il désirait...

Et alors enfoncé le rival déjà abhorré pour ses prétentions et son emprise malhonnête ! Il le comparait à un braconnier, pris en flagrant délit de maraude sur ses terres, et qu'il saurait mettre à la raison...

Car il en était sûr maintenant, il pouvait compter sur l'affection de Mathilde. Ne lui en avait-elle pas donné des gages, qui pour être platoniques dans le passé, n'en étaient pas moins un sûr garant pour l'avenir. Cette jeune fille était sérieuse et son cœur n'avait pu être détourné par des rivaux dans ce pays rustique et peu pourvu de galants dignes d'elle.

Sûrement elle restait fidèle à l'amour qu'elle avait conçu en son enfance et son adolescence pour son gentil voisin qui représentait à ses yeux l'idéal de toutes les qualités masculines.

Jacques n'avait pas à craindre des comparaisons dangereuses et pouvait être assuré de son influence sur l'enfant de ses rêves d'antan et d'à-présent.

Ses jeux et aventures d'enfance avec Mathilde s'étaient renouvelés à chaque vacance. Il était bien resté cette dernière fois quatre ans sans venir, retenu par ses études, ses travaux supplémentaires, un voyage qu'il s'était payé d'an passé après le service militaire, ses amours avec Naïs...

Mais son séjour précédent à Saint-Espanact, il ne l'avait pas oublié, malgré les distractions et puissants dérivatifs de la vie de Paris pour un jeune homme à la fertile imagination et à l'activité dévorante.

Il y avait deux ans de cela, il avait retrouvé Mathilde grande fille. Ils avaient néanmoins repris avec entrain leur flirt vagabond, mais avec une certaine retenue dans les propos et les caresses qui n'était qu'un charme de plus.

La réserve de la jeune fille avait été pour Jacques un délicieux piment qui n'avait pu que surexciter son penchant pour elle.

L'oncle Alcide n'avait pas encore jeté son dévolu sur son neveu et avait quelque peu favorisé le rapprochement de nos jeunes gens, qui en avaient largement profité...

C'étaient des courses interminables à travers des grands causses qui surplombaient la vallée de Saint-Espanact. On eut dit que les amoureux voulaient monter en plein ciel et en plein azur pour s'entretenir avec plus de licence des mêmes sentiments de leur tendre inclination.

Sur ces hauteurs pittoresques et fraîches, la nature leur semblait plus attrayante et le soleil plus éclatant. Leur belle jeunesse aimait à s'étaler au grand jour qu'ils pouvaient affronter hardiment sans craindre de montrer des défauts et des tares physiques.

Invinciblement, ils s'acheminaient vers le vieux castel de Marmagnac-le-Haut, dont ils avaient gardé un souvenir attendri depuis la fameuse excursion qui s'était prolongée au delà des limites raisonnables.

Mais ce jour-là, ils rencontrèrent le meunier du pays qui allait par là-haut porter de la farine.

Sans façon, ils s'installèrent sur les sacs à l'arrière du véhicule cahotant. Ils tournaient le dos au bonhomme qui conduisait sa mule et le vent emportait leurs paroles loin de ses oreilles indiscrètes. Ils firent donc un délicieux voyage, bien que secoués rondement, et échangèrent à leur aise de doux propos.

— Chère Mathilde, vous souvenez-vous de notre première ballade en ces chemins raboteux.

— Oh ! je n'en ai oublié un seul détail. Voyez ce chêne tordu au tournant du chemin, vous rappelez-vous que vous l'avez comparé à un géant difforme qui nous barrait le chemin en brandissant son énorme massue, cette branche écartée.

— Oui, et j'ai marché vers lui en serrant les poings et en l'interpellant à la façon des héros d'Homère... Ce qui ne l'a pas ému le moins du monde.

— Il vous méprisait, infime Myrmidon, et dans vos folles imaginations belliqueuses, vous êtes allé jusqu'à jeter sur lui des pierres.

« Inutile d'effeuiller trop vite tes illusions.
— Si... J'agirai, dès ce soir, je le mettrai au pied du mur,
« J'aime les situations nettes...
Mme Darmagne eut un geste évasif. Elle eut voulu éprouver l'affection de la jeune fille par une attitude plus politique.
Mais Jacques ne voulut rien entendre.
Il siffla son chien et prit son fusil, puis il s'achemina vers les champs

A par lenis, comme de braves amoureux de campagne (page 14)

où, à cette heure matinale, il comptait apercevoir le tuteur de sa bien-aimée.
Il ne tarda pas en effet à le rencontrer occupé à surveiller ses ouvriers qui fauchaient dans ses prés une coupe de foin.
Il obliqua vers lui et l'aborda civilement le feutre à la main.
— Salut, jeune homme, fit l'autre. — un gros homme au ventre rebondi et à la carrure puissante comme son neveu François. — Nous voilà donc revenu au pays.
— Mais oui...
« On se lasse de la vie de Paris.

— Et de ses amours, itou... Il m'est revenu cependant que tu étais sérieusement cramponné par une étudiante de galante tournure.

— Peuh ! murmura Jacques qui ne s'attendait pas à ce reproche. Les filles du quartier sont assez volages...

« Heureusement !...

— Elle t'a lâché dans les grands prix... Ta mère sait ce qu'il lui en coûte, et, quand on manque de perdrix, on mange les merles de province...

« Tu es venu hier au Castel ?

— Oui, certes et je n'ai pas eu l'heur de vous y trouver.

— A cette heure de ma partie au cercle de Saint-Espanact, tu n'avais garde de m'y rencontrer.

« Tu as pu parler à ton aise à ma nièce...

— Eh ! je n'ai pas manqué de lui rendre mes devoirs.

— Et elle t'a accueilli favorablement.

— J'ai pu me rendre compte que les demoiselles de par ici cultivent la religion du souvenir et des amitiés sacrées de l'enfance,

— Ah ! ah ! te voilà heureux et satisfait d'avoir constaté que pendant que tu courais le guilledou au Boul'Mich' tes affaires se maintenaient à la campagne.

— Pas toutes, hélas ! car François votre neveu me joue le mauvais tour de ne pas vouloir me rendre ce qui lui avait été confié.

— Peuh ! il a été malin, le garçon.

« Il t'a roulé.

— Oh ! pas encore !

« Avant d'avoir en main le prix de l'étude à me payer, il passera de l'eau sous le pont du Célé.

— Pas tant que tu crois. On est un peu là pour lui rendre service.

— C'est ce qu'on m'avait laissé entrevoir. Vous tenez donc bien à faciliter sa félonie.

— Dame ! c'est mon neveu. Il ne saurait trouver alentour une étude aussi bien achalandée. Il est malin, je dois le favoriser.

— S'il est votre neveu, je puis le devenir.

— Tiens, comment cela ! fit le bonhomme en dressant l'oreille.

— Dame ! par votre nièce Mathilde...

« J'ai l'honneur de vous demander sa main.

— C'est trop d'honneur que vous me faites, monsieur Darmagne, répliqua M° Alcide, devenu froid.

« Mais ma nièce a disposé de sa main. Car elle n'ignore pas qu'elle n'aura rien de moi si elle n'épouse pas François.

— Libre à vous de disposer à votre guise de votre bien. Si je vous demande sa main, je n'entends pas aussi postuler votre héritage, repartit Jacques avec fermeté.

« Avec ou sans dot, je m'obstine à vouloir Mathilde.

— Quitte à moi de la refuser.

— Vous ne pouvez longtemps la contraindre ; car elle approche de sa majorité.

— Ah ! ça, tu te figures donc, garnement d'étudiant, que toutes les filles sont folles de toi et vont te sacrifier leurs espérances matérielles.

— Toutes les filles, c'est beaucoup dire, fit le garçon avec un sourire.

« Il me suffit de savoir que Mathilde a quelque inclination pour moi et qu'en me préférant à François, elle ne renonce pas à si belle situation qu'elle doive se contraindre à épouser un gros rustaud.

— Tu insultes mon neveu. Gare à toi ! Mon parti est bien pris.

« Et tu n'as rien à faire ici.

— J'ai à défendre mon bien et mon amour. Mon bien, je saurai me le faire rendre en revendiquant dans une étude voisine, la clientèle qui me revient de droit par mon père et par le bon vouloir des gens d'ici...

— Baste ! tu ne connais pas François.

« Autrement tu ne parlerais pas de te mettre en guerre avec lui.

— Pourquoi pas, puisque j'ai une alliée dans la place en la personne de Mathilde.

— Tu te trompes, Mathilde est pour François. Elle te prouvera qu'elle se moque de toi.

— Je sais le contraire et, sans fatuité, je puis dire qu'elle me préfère.

— Allons donc ! Pouvait-elle te préférer toi qui l'avais abandonnée, alors que son cousin n'a cessé de la fréquenter et de lui rendre hommage.

« Par politesse, elle t'a bien accueilli hier au soir, mais elle n'en pense pas moins, qu'elle a tout avantage à choisir François dont la position est assise et florissante.

— La mienne ne le sera pas moins, répliqua Jacques. J'ai des attaches profondes dans le pays.

— Oui, parlons-en, ricana le vieillard.

« Des dettes de ton père sont-elle une recommandation suffisante...

« Les dettes de ton père sont-elles une recommandation suffisante...

— Oh ! ne t'occupe pas de cela. Elles sont déjà payées, tes dettes. François a eu soin de les solder et le prix de ton étude, il te le soldera en billets avec au bas, la signature de ton père.

— Avec cela te sera-t-il loisible de payer une autre étude et acceptera-t-on cette monnaie de singe ?

Et le vieil homme contempla avec une féroce satisfaction, le pauvre garçon atterré.

— Va, le mieux sera pour toi de te tourner d'un autre côté et d'aller faire ta cour à la fille à Blainot, le tabellion de Conignac, ainsi qu'opportunément te l'a insinué François.

« Il sera assez généreux pour t'aider dans cette entreprise à condition toutefois que tu renonces à tes idées de concurrence et de rivalité. Vos clientèles seront bien tranchées et chacun de vous devra se contenter de la sienne.

« Réfléchis, mon garçon, et suivant la voie que tu prendras, nous agirons en conséquence. Enfin, surtout, renonce à Mathilde, ce n'est pas une fille pour toi.

« Il faut te le tenir pour dit...

L'oreille basse, Jacques rentra à la maison conter sa déconvenue à sa mère.

Celle-ci le remonta.

— Le vieil Alcide a exagéré la situation. Sans doute François a profité de son passage à l'étude pour aggraver le passif de la succession en accueillant certaines revendications contre ton père qui étaient sujettes à caution et sur lesquelles on reviendra...

— Hélas ! ce n'est pas surtout ça que je redoute... Mathilde peut être influencée par l'exposé de cette situation fâcheuse et par le récit de mes fredaines à Paris, sur lesquelles l'oncle Alcide paraît posséder de sérieux tuyaux.

— Bah ! ta réputation ne perdra pas pour cela l'estime de ton amie.

— C'est que je l'ai bien négligée.

« J'ai essayé de lui écrire, mais elle ne m'a jamais répondu.

— Pour une bonne raison, dit la mère en souriant, c'est que tes lettres furent interceptées par son tuteur.

« Elle le sait, car je ne le lui ai pas laissé ignorer, tout en lui conseillant de ne pas insister là-dessus et de rester persuadée que tes sentiments pour elle n'avaient jamais varié.

— Vous avez fait cela, maman ?

— Eh oui, mauvais garçon, je me suis engagée à faux et je m'en suis bien repentie, surtout quand j'ai été informée de ta liaison dangereuse.

— Hélas ! que faire ?...

— Louvoyer en attendant... compte sur le cœur de Mathilde. Une fille qui aime passe sur tous les obstacles.

IV

Ruses de Guerre

Mais Jacques n'était pas homme à se contenter d'atermoiements.

Il était taillé pour la lutte tout comme François Bergognoux et il acceptait le défi que celui-ci avait eu l'imprudence de lui adresser.

Sans se soucier de l'avis du vieil Alcide, il fréquenta sans se gêner le Castel des Côtes aux heures où le fâcheux tuteur se délectait à ses combinaisons de cartes.

Il put ainsi voir plusieurs fois la jeune fille et s'assurer de ses sentiments. Dès qu'il fut sûr d'elle, il se sentit des forces de Titan capable de soulever le monde.

François et son oncle pesèrent peu à ses épaules.

Cependant Mathilde, comme la mère de Jacques, voulut ne rien brusquer.

— Mon oncle trouverait le moyen de vous nuire si vous le braviez en face. Il faut biaiser et temporiser. Le temps travaillera pour nous.

« Ainsi il ne faut plus nous voir ici. Il connaît vos visites en son absence et me les a interdites. Tournons la difficulté.

« Il faut se voir ailleurs.

— Partout où vous irez, je vous suivrai, chère âme...

— En ce cas, il ne vous sera pas difficile de me retrouver.

— Demain j'attelle le poney à la charrette anglaise sur le coup de deux heures et, bravant la chaleur, je pousserai jusqu'à Conignac, voir une très chère amie : Jeanne Blainot.

Elle souriait malicieusement et Jacques la soupçonna de vouloir le mettre à l'épreuve.

— Il me sera pénible d'aller chez le notaire du canton, observa-t-il.

« Il n'était pas dans les meilleurs termes avec mon père.

— Bah ! il sera facile de vous réconcilier avec lui. Un père qui a une fille à marier a l'humeur accommodante.

— Oh ! chère âme, je vous soupçonne d'osciller dans vos résolutions et de me mettre en présence d'une fiche de consolation. Mathilde, vous hésitez...

« François vous devient moins insupportable, et tous ces débats au sujet de votre personne, vous amusent et vous incitent à des transactions avec votre conscience.

La jeune fille eut un doux sourire.

— Vos craintes me sont garantes de votre affection pour moi, Jacques de mon cœur. Ne craignez rien. Je ne veux pas vous jeter dans les bras de Jeanne pour me ménager d'autres facilités.

« Peut-être, pour qu'on me laisse un peu tranquille, ne serai-je pas fâchée que l'oncle Alcide et votre rival pensent que je veux ainsi me débarrasser de l'embarras de votre poursuite.

— Laissez-moi faire. Mon but est la paix pour le présent et la victoire pour l'avenir.

— Un avenir très rapproché alors, car je suis impatient d'en finir. Mathilde, il faut oser prendre d'énergiques résolutions.

« En somme, nous n'avons rien à ménager.

— Plus que vous ne pensez : car j'ai gros à y perdre en heurtant trop brusquement l'oncle Alcide.

« Je ne parle pas seulement de son héritage que j'ai la prétention de recueillir tôt ou tard, sans renoncer au privilège du choix de mon mari, mais il gère ma petite fortune.

« Par dépit, il serait capable de la réduire à sa plus simple expression et déjà il a tout fait à ce sujet, pour en absorber une majeure partie...

— Oh ! mais c'est malhonnête ça... Et on lui fera rendre gorge.

— Ce ne serait pas facile, car, de bonne foi, il a brouillé les cartes avec l'intention d'avoir l'air de me donner ce qui en somme m'appartient...

— Tout cela est bien machiavélique et devrait être le dernier de vos soucis.

« Après notre union, je vous jure que le bonhomme serait bien forcé de marcher droit et de rendre à César ce qui est à César.

— Non, il faut être prudent, car il pourrait aussi vous nuire ainsi que François qui détient des créances contre votre père et qui, ainsi que votre mère a dû vous l'expliquer, s'est réservé le moyen de les grossir à son gré...

— C'est cela, le neveu est digne de l'oncle avec cette manie de façonner à son gré l'actif de ses clients.

« Ah ! les intérêts de nos pauvres paysans sont en bonnes mains !...

— Il faut donc un peu de patience pour essayer de les leur arracher, à ces mains indignes.

— Ces doigts crochus ne lâcheront pas prise. Il vaut mieux recommencer la lutte sur de nouveaux frais.

— Non, mon ami, il faut revendiquer son bien et ne compter que sur ce qui doit nous revenir naturellement et selon la loi.

— Ah ! vous êtes bien digne d'être la femme d'un notaire.

— Digne d'être la vôtre, cher ami. Je dois vous faciliter votre tâche au lieu de l'embrouiller. Allez, nous arriverons au bout de l'écheveau.

« Suivez mon conseil.

« Puisque vous ne pouvez vous passer de me voir, ni moi non plus d'ailleurs, rencontrons-nous sur un terrain qui nous donnera des facilités pour tromper l'ennemi sur nos véritables intentions.

— Soit, je vous écouterai. Ah ! l'esprit a été dispensé à la femme pour arriver à ses fins légitimes par des moyens fallacieux. « Ad augusta, per angusta »...

— C'est cela : vous comprenez que je veux ménager ma fortune et la vôtre.

— Modeste fortune qu'il ne faut pas sans doute négliger ! approuva Jacques.

« Aussi je m'incline et serai demain chez M° Blainot à deux heures pour lui rendre mes devoirs ainsi qu'à sa charmante fille.

— Je vous y rejoindrai peu après, affirma Mathilde.

Notre amoureux n'eut garde de manquer au rendez-vous et le tabellion de Conignac ne fut pas peu surpris de voir débarquer chez lui le fils de son ancien concurrent.

Il en fut ravi, malgré l'inimitié de jadis, comme il est naturel chez un père qui est en possession d'une fille à marier.

Comme il avait quelques actes à passer et des clients à mettre d'accord, il s'empressa donc de renvoyer le jeune homme à ses dames qui le reçurent au salon avec force salamalecs.

Mme la notairesse était encore une fort belle personne qui avait à peine franchi le cap de la quarantaine à laquelle un aimable embonpoint donnait les charmes d'une seconde jeunesse. Elle accueillit l'héritier Darmagne comme un gendre éventuel et le présenta à sa fille, qui d'ailleurs le connaissait déjà, comme un modèle d'élégance, de savoir et d'esprit.

Un peu étourdi par ce déluge de compliments, du coin de l'œil, Jacques détailla la demoiselle, une brune piquante au maintien modeste cependant, qu'il trouva infiniment inférieure en grâce à Mathilde.

Il prit plaisir néanmoins à lui narrer ses aventures parisiennes, celles qui pouvaient être contées à une jeune personne.

Et il eut l'heur d'être écouté avec une flatteuse faveur...

Lorsqu'il eut développé en brillantes variations les attractions de la vie parisienne et vanté l'urbanité de ses habitants, la grâce des dames, leur coquetterie charmante et leur élégance raffinée, il dut s'arrêter court pour ne pas être entraîné par son lyrisme au-delà d'un enthousiasme convenable.

— Oui, fit la jeune fille, non sans ironie, vous êtes tous comme ça, les jeunes déracinés qui désertez la province pour aller à Paris. Vous réservez doute votre admiration pour cette Ville Lumière, qui vous attire et vous éblouit comme les phalènes qui tournent autour d'une flamme, quitte à aller s'y brûler les ailes...

— Je ne suis pas un déraciné, protesta Jacques. Sans doute, j'apprécie Paris à sa juste valeur et sais en détailler les supériorités, mais je ne suis pas oublieux de la province et du pays natal. Et la preuve, c'est que je ne l'ai pas abandonné sans esprit de retour. Je suis fidèle à la tradition de la petite patrie. Dans la capitale, j'allais me retremper au moins tous les mois en des réunions de compatriotes qui, par leur conversation, leurs discours, leur littérature et leurs chansons du crû, réchauffaient et entretenaient ce vieil esprit chauvin qui ne m'a jamais abandonné.

— Vraiment ! intervint la notairesse. Paris n'a pas fait du tort à Saint-Espanact.

— Oh ! pas du tout ! Et je suis bien résolu à ne pas le quitter de longtemps... Je vais travailler à m'y faire une position solide, si je ne puis reconquérir celle occupée par mon pauvre père et qu'il tenait de ses ascendants de temps immémoriaux.

— ...Et dont on essaie de vous frustrer. Je connais votre aventure dans tous ses détails. Je vous ai plaint de tout mon cœur.

— Le fait est que je suis berné de la plus cruelle façon par un impudent personnage. Mais, patience ! rira bien qui rira le dernier...

— Assurément, vous ne pouvez rester quinaud, et vous ne vous laisserez pas faire... Vous saurez toujours trouver des compensations s'il est dit que le méchant doit avoir le dernier mot en cette affaire...

— Ces compensations me charment et seraient de nature à me consoler, si mon devoir n'était pas de tenir bon et de revendiquer « mordicus » la situation acquise qu'on veut me dérober...

Mais Jeanne avait des distractions et brûlait du désir de ramener Jacques à des questions plus légères et plus attrayantes...

— En tout cas, dit-elle, d'avance vous avez goûté à des plaisirs qui devaient vous consoler des fâcheuses compétitions du pays... Les spectacles, les conférences, les concerts, tout était fait pour vous récréer et vous distraire... Vraiment vous avez du mérite à mépriser les charmes des Parisiennes pour les vertus réelles, mais modestes des petites provinciales...

— La violette au parfum subtil et pénétrant, à la couleur discrète, peut supplanter les senteurs suaves et le coloris éclatant de la rose orgueilleuse, fit Jacques en souriant.

— Il est aussi des roses dans nos vallons, riposta Jeanne avec malice.

Mathilde notamment est plus proche parente de la rose que de la violette...

— Elle en a pourtant la modestie si elle a aussi l'éclat de la rose...

— Et vous êtes en train, si j'en crois la chronique, de vivre le Roman de la Rose...

— Il ne manque pas de charme capiteux et il est intéressant d'en effeuiller les pétales ou d'en feuilleter les pages...

Cette fois, Jeanne fit un peu la moue. L'entretien prenait un tour langoureux et tournait un peu trop à l'avantage, sinon d'une rivale, tout au moins d'une camarade un peu trop enviée...

Jacques le comprit aussitôt et fit machine en arrière au détriment de la rose trop longtemps mise sur le tapis.

— Il est d'autres fleurs, dit-il, qui sont aussi belles que celles dont nous parlons...

— Et moins banales, ajouta Jeanne avec une pointe de rosserie qui fut sur le point de faire cabrer le bon jeune homme fidèle à sa mie. Mais il se contint.

— Oui, le parterre des beautés provinciales n'est pas à dédaigner.

— Et vous vous préparez à butiner en volage papillon dans le parterre susdit... pour parler comme papa dans ses actes... Cela ne manquera pas d'agrément, moins peut-être que dans les roseraies parisiennes, et dans les serres et jardins d'hiver de la moderne Babylone...

— Oh ! mademoiselle, on ne saurait trouver dans les modestes milieux que je fréquentais, Montmartre ou quartier Latin, de personnes possédant, comme vous, le don de marivauder et de manier l'ironie avec cet incomparable brio...

— Allons, ne vous gaussez pas de moi ; vous allez me comparer maintenant aux précieuses de l'hôtel de Rambouillet...

L'arrivée de Mathilde vint rompre le charme de l'entrevue par l'évidente supériorité de ses attraits.

La conversation devint générale et Jacques eut le loisir de contempler et d'ouïr à son aise celle qu'il aimait. Vers cinq heures, Mlle Blainot servit le thé et peu après le jeune Darmagne prit congé.

Il gagna à pied ses pénates comme il était venu. A mi-chemin, il fut dépassé par la charrette anglaise que Mathilde conduisait elle-même. Près d'elle un groom rustique, remplissait l'office de surveillant.

Aussi, pour éviter les racontars, la demoiselle ne s'arrêta pas et se contenta d'adresser à Jacques un si gracieux sourire qu'il en garda de la joie au cœur jusqu'au déclin du jour...

IV.

Entrevues et rendez-vous

Les visites de plus en plus rapprochées aux Blainot mirent les jeunes gens presque journellement en contact. A la dérobée, ils échangeaient des paroles d'affection et d'amour.

De furtives rencontres de main étaient toutes les caresses qu'ils se permettaient.

Il fallait être prudents, car la notairesse les surveillait avec un soin jaloux et Jeanne avec un dépit non dissimulé.

Il était évident que ces dames se doutaient du rôle qu'on leur faisait jouer et la perte des illusions que l'assiduité de Jacques avait pu leur inspirer, n'était pas de nature à exciter leur complaisance et leur discrétion.

Sans doute, elles ne se privèrent pas d'en faire part à leurs amis et connaissances.

Car, un beau matin, Mathilde fit tenir à son ami un billet par son garçon Boniface, le priant de venir la voir le lendemain vers deux heures ; Mᵉ Alcide, devant aller à une foire voisine, serait absent tout l'après-midi.

Notre amoureux n'eut garde de manquer au rendez-vous. Au seuil de la maison il fut reçu par la mère Annette, la femme de charge du maître de céans.

C'était une grande et maigre personne entre deux âges, au visage sec à couperosé, aux yeux perçants et à la moustache rébarbative.

La commère n'avait pas la langue à la poche.

Elle aborda hardiment le galant.

— Et comme ça, m'sieur Jacques, on vient voir notre demoiselle.

— Mᵉ Bergognoux, est-il visible ?

— Oh ! que non et vous ne l'ignorez pas. Notre demoiselle vous l'a fait assavoir hier par un mot...

— Pas du tout, je passais par hasard...

— Bon, bon, je ne vous le demande pas, étant fixée à cet égard... Donnez-vous la peine d'entrer.

« La demoiselle n'est pas prisonnière que je pense.

« Elle est libre de recevoir qui lui plaît... Tenez, la voilà dans le verger. Vous la pouvez rejoindre. Ce n'est pas moi qui vous empêcherai.

« Entrez donc.

Jacques ne se le fit pas répéter et alla vite rejoindre son amie. Celle-ci paraissait triste et songeuse.

— Je vous ai dit de venir ici parce qu'il a pris fantaisie à mon oncle de me conseiller d'espacer mes visites chez les Blainot.

« Ceux-ci affirment que nos rencontres ont un but intéressé et prétendent ne point vouloir se prêter à nos rendez-vous. Mon cher oncle aime autant que nous nous voyons ici, mais dans les moments qu'il ne s'y trouvera pas ; car, dit-il, votre présence ne lui est plus sympathique.

« J'ai donc saisi la première occasion qu'il m'a laissée pour vous voir.

— Dame Annette ne manquera pas de l'en informer.

— Sans nul doute, bien qu'elle ait pour moi une amitié sincère et désintéressée

— Chère âme, malgré l'antipathie qu'il me témoigne, cette tolérance de votre oncle ne présagerait-elle pas quelque changement à notre égard.

— Je ne le crois pas ; car il me presse d'agréer les hommages de Me François dont je n'ai cure. Mais il veut faire preuve à votre égard d'une sorte d'impartialité sans doute, pour ne pas trop nous irriter et exacerber notre mutuelle affection.

« Mais je crains qu'il ne mijote quelque nouvel assaut attentatoire à ma liberté et à notre bonheur.

— Notre amour saura déjouer ses projets.

— Sans doute... Mais pourtant j'ai peur et des pressentiments me tourmentent un peu.

« Mon cher Jacques, je redoute ce mauvais génie qui vous poursuit et je crains qu'il ne nourrisse à votre encontre quelque noir dessein.

— Je ne vois pas ce que François — car c'est sans doute de lui que vous voulez parler — peut comploter contre nous ou contre moi en particulier.

— Dame ! peut-être veut-il rendre plus nette la situation et vous mettre au pied du mur au sujet de ses créances.

— Peuh ! il a tout intérêt à les laisser dormir ; car c'est surtout le provisoire en France qui dure le mieux. Pousser les choses à l'extrême pourrait lui cuire.

« Il est trop prudent pour ça...

— Mais il est aussi trop impatient et peut-être amoureux pour reculer de se mettre en guerre ouverte avec son rival.

Et, comme sur ce mot, Mathilde souriait divinement d'un air très provocant, comme à ce détour de l'allée les abricotiers formaient une haie assez épaisse, Jacques ne put se retenir d'emprisonner dans ses bras la taille ronde qui ploya contre son cœur.

Mathilde penchait la tête, les joues un peu roses, et l'amoureux laissa errer ses lèvres parmi les frisons fous de la nuque ployée...

— Oh ! Jacques ! fit-elle.

Elle se dégagea et s'éloigna avec des mines de biche effarouchée. Promptement, il la rejoignit et resserra son étreinte.

— Oh ! ma douce Mathilde, petite chose adorée, il s'agit de prendre de fermes résolutions...

« On veut ici, contrarier notre amour. Il nous faut résister à ce rival détesté, à ce tuteur tyrannique qui prétendent user de contrainte contre les tendres sentiments qui nous unissent...

« Il faut m'écouter, suivre mes conseils. Il importe de rompre la glace par un coup d'audace. Qu'importe les affaires d'argent par lesquelles ils prétendent nous tenir ! Je suis de taille à me défendre sur le terrain de la chicane.

« Nourri dans le Palais, j'en connais les détours...

— Que pensez-vous que nous puissions faire ?

— Rompre carrément une situation trop tendue, Mathilde, chère amie, souffrez que je vous enlève...

— Oh ! Jacques, me compromettre ainsi !...

— Non, votre honneur ne souffrira nullement de cet esclandre ; car c'est à ma mère que je vous confierai au sortir de cette maison où l'on prétend vous contraindre.

Mathilde ne répondit pas un mot et derechef baissa la tête. Jacques se réjouit de cette marque de perplexité notable.

Mais il eut beau presser la jeune fille, elle ne voulut pas se prononcer le jour même.

— Venez plutôt un de ces soirs vers neuf heures, je vous ouvrirai la porte du verger ; mon oncle qui est matineux va se coucher comme les poules et dame Annette de même. On profitera de leur sommeil pour se promener dans ces a...ées.

— Quand me ferez-vous la grâce de m'accorder ainsi une nouvelle entrevue ?

— Vous le verrez bien, my dear, quand vous m'apercevrez à la brume sur la terrasse...

Il y revint le soir même et eut avec Mathilde un entretien très pressant, mais qui cependant n'eut rien encore de décisif.

La jeune fille hésitait à franchir ce pas redoutable, non pas qu'elle craignit de donner à son ami cette preuve d'amour et de confiance...

Mais elle redoutait fort de déchaîner sur une tête si chère, la rancune et les attaques de deux redoutables adversaires...

VI

Fatale erreur !

Le lendemain le jeune Boniface, qui décidément cumulait les fonctions de Mercure et celles de Mentor arrivait au Clos des Vignes, porteur d'un pli de sa maîtresse par lequel celle-ci mandait à son amoureux de ne pas manquer de passer la voir le soir même pour une communication urgente.

— J'y serais allé sans doute, remarqua Jacques à sa mère, sa fidèle confidente ; il faut qu'il y ait du nouveau pour qu'elle me recommande l'exactitude.

— Sans doute la presse-t-on plus que de raison...

— Et peut-être se décide-t-elle à écouter mes conseils de planter là son Bartholo.

— En tout cas, ne la fais pas attendre ce soir.

— Je n'aurai garde de manquer à cette convocation qui paraît urgente.

Et en effet, Jacques arriva comme le crépuscule envahissait les cieux et que l'ombre des côteaux s'étendait sur la plaine.

A cette heure nébuleuse, il était assuré que Me Alcide s'était voluptueusement plongé dans les bras de Morphée, accablé par l'activité dévorante qui obligeait le vieux matois à courir tout le jour derrière ses ouvriers pour les tancer ou aux trousses de ses débiteurs pour extraire de leur bourse un intérêt ou un capital tant soit peu en retard.

C'était aussi le souci de vendre ou d'acheter lopin de terre ou bestiaux maigres, au prix minimum, pour les revendre au maximum, dans le plus bref délai possible, le temps de les ensemencer ou de les engraisser un tant soit peu.

Nos jeunes gens bénissaient grandement cette soif du lucre qui tenait ainsi en haleine leur Harpagon et endormait le Cerbère, sans qu'il songeât à garder trop âprement le jardin des Hespérides, témoin et complice de leurs doux entretiens.

Ce soir-là, Jacques arriva sous la terrasse bien avant que Mathilde y fût, au risque de donner l'éveil.

Quand celle-ci parut enfin au seuil de la porte dérobée, Jacques était en train de se creuser la tête pour savoir ce que sa mie avait à lui dire.

— Nous voici au pied du mur, déclara celle-ci dès qu'ils furent engagés dans une allée écartée.

— Vous allez donc prendre une décision ?

— Il faudra bien, car on ne me laisse plus la liberté de me dérober et l'on me pose un dilemme redoutable.

« Ou bien je dois épouser François dans le courant du trimestre, ou bien l'on ouvre contre vous et votre mère, le feu de la procédure.

— Ils oseraient se livrer à un tel chantage !... Dites leur bien que je les attends de pied ferme. J'ai une plainte toute préparée pour le garde des sceaux.

— Ils n'ont pas assez d'audace pou entamer eux-même les hostilités. C'est par un client de votre père qu'ils comptent vous attaquer.

« C'est un nommé Ladron Ignace, qui veut vous demander un règlement de compte qu'il prétend en souffrance.

— Que ne s'adresse-t-il pas à Me Bergognoux qui a en main toutes les pièces nécessaires pour lui répondre ?

— Sans doute ne les produirait-il pas pour vous laisser dans l'embarras...

— Ah ! le lâche coquin... Le coup serait une manifeste traîtrise.

— Je suis au désespoir de l'avoir provoqué, cher Jacques.

— Je saurai parer la botte et y riposter du tac au tac, répliqua Jacques sur un ton belliqueux. Rayez cela de vos soucis, ma tendre amie.

« Et je suis heureux particulièrement et presque reconnaissant à cet Ignace et à ses conseillers venimeux si leur tentative pouvait vous décider à une action héroïque...

— Il faudra peut-être prendre une détermination, soupira Mathilde.

— Oh ! chérie, pourquoi ce regret au moment de me combler de joie ?

« Pouvez-vous hésiter à faire mon bonheur ?

— Hélas ! les coups de tête ou de cœur ne sont pas souvent d'heureux préludes aux épousailles.

« Il faut tenir compte de l'opinion du monde.

— Que nous importe le monde et ses jugements ! Le sacrement annule tout et assure le bonheur des époux et la confusion des méchants...

Il serra sur son cœur la jeune fille frémissante qui ne songea pas à se défendre contre ses hardis baisers.

— Chut ! finissez... J'ai entendu du bruit dans ces branches. On dirait qu'on nous épie.

— Bah ! ma chérie, c'est le vent qui agite ces feuilles ou un chat qui se glisse dans ces fourrés à la poursuite de quelques mulots.

— Non, je vous assure... Il y a là quelqu'un... Peut-être la mère Annette qui s'inquiète de ma personne.

— Peuh ! la mère Annette dort à poings fermés ainsi plus sûre d'être prête à l'aube à la traite de ses vaches, trop bien nourries pour que le lait ne les fasse souffrir de bonne heure.

Il serra plus fort contre lui la jeune fille qui bien qu'énamourée tressaillait et le repoussait au moindre bruit inquiétant.

Le rendez-vous se prolongeait. Il la pressait de souscrire à ses vœux, de fuir avec lui.

Elle défaillait, se défendait.

— Laissez-moi, je vous en supplie.. Si vous m'aimez, épargnez-moi le déshonneur.

— Venez chez ma mère. Vous y serez en sûreté contre toute attaque, contre moi-même.

— Il faudra bien s'y décider, car vous devenez trop entreprenant dangereux même...

Et, d'une voix mourante, elle ajouta :

— Grâce, Jacques adoré ! Ayez pitié de ma faiblesse. Epargnez-moi !

— Suivez-moi chez ma mère. Elle vous protégera contre tous vos ennemis ligués.

— Vous aussi, cher ami, vous me posez un dilemme : fuir de ces lieux ou y succomber entre vos bras...Ah ! tenez, vous n'êtes pas plus généreux que les autres...

Pour toute réponse, Jacques lui couvrit de baisers son visage, ses mains, ses cheveux, son cou, sa bouche...

Elle se dressa :

— Oh ! cette fois, j'en suis sûre. J'ai entendu du bruit du côté de la maison... Des pas précipités, des craquements...

« Tenez, prêtez l'oreille...

— Oui, c'est vrai, l'on dirait des cris étouffés, des chocs brusques.

— Mon Dieu ! fit-elle épouvantée. Que se passe-t-il ?... Pourvu que des malandrins...

« Mon oncle passe pour avoir toujours un magot dans son secrétaire...

Pleins d'angoisses, ils prêtèrent l'oreille. Du côté de la maison, tout était maintenant silencieux.

Dans le jardin, dans le verger même, ce furent des bruits de pas, une fuite précipitée.

— On me cherche sans doute, fit-elle soudain. Oh ! j'en ai assez de cette vie de contrainte et d'humiliation.

« Je vous suivrai et je leur dirai mes intentions. En tout cas, je rentre,

J'ai préparé ce que je veux emporter de souvenirs et d'objets indispensables...

« Je vais quérir tout cela...

« Attendez-moi non loin de la porte.

Légère elle court vers le seuil de cette maison abhorrée, elle le franchit... Jacques qui l'a suivie, l'attend avec une fébrile anxiété.

Soudain un cri aigu retentit.

Il vole au secours de sa mie qu'il suppose en danger.

Horrible spectacle !

Dans le grand vestibule, le vieil Alcide à moitié dévêtu gît la gorge ouverte... La vieille Annette, venue sans doute à son secours, a été aussi poignardée...

Les deux victimes gisent dans une mare de sang, sous la faible lueur d'une lampe accrochée au mur.

Dans un coin, Mathilde, les mains crispées aux tempes, hurle son effroi.

Jacques tente en vain de ranimer des cadavres, et de calmer le terrible émoi de la jeune fille dont les cris ne s'apaisent pas et qui finissent par ameuter le voisinage.

Des passants, des fermiers, les domestiques accourent.

Ils envahissent le vestibule, se perdent en commentaires sur le fatal événement.

Jacques leur interdit de toucher aux corps ; il expédie Boniface à la gendarmerie de Saint-Espanact.

— Oui, dit Mandru, le fermier du défunt, c'est le plus raisonnable. Le brigadier fera les premières constatations.

« Et, ajouta-t-il, de cela dépend toujours le succès de l'instruction ; car le meurtrier n'a pas toujours le temps de faire disparaître les traces de son passage.

En disant cela, il jeta un coup d'œil sournois sur les vêtements du jeune homme qui s'était couvert de sang... en tentant de ranimer les victimes.

Le brigadier arriva bientôt avec deux gendarmes. Il dressa un procès-verbal sommaire de l'état des lieux et de la position des cadavres.

Il interrogea aussi succintement tous les assistants et en particulier Jacques.

Il fut obligé de surseoir à l'interrogatoire de Mathilde qui était secouée de sanglots convulsifs lui interdisant toute réponse.

Comme Jacques aidait aux femmes accourues à entraîner la jeune fille loin de cet affreux spectacle, le brigadier intervint d'une voix brève :

— Vous, monsieur Darmagne, ne vous éloignez pas.

« Il est bon que je vous garde à vue.

— Pourquoi cela, brigadier ?

— Veuillez jeter un coup d'œil sur votre tenue. Vous comprendrez mes soupçons...

« Et je ne suis pas seul à les partager, péremptoirement parlant.

Il échangea un regard expressif avec le vieux fermier qui murmura d'un ton agressif :

— Depuis longtemps vous rôdiez autour de la maison, monsieur Darmagne, et, dame ! quand on est surpris par le maître, les explications sont faciles à éluder par un coup de colère...

— Ciel ! clama le malheureux, vous me prenez pour le meurtrier parce que j'ai du sang sur mes vêtements. J'ai pris cela en portant secours aux victimes...

« Demandez à Mademoiselle Mathilde, ma fiancée, elle vous dira pourquoi j'étais là.

— On connaît ça, ricana le brigadier. On va procéder sur-le-champ à l'interrogatoire de la demoiselle...

« Vous, gendarme, vous allez courir au télégraphe prévenir le Juge d'instruction et M. le Procureur de la République, le Juge de Paix, le Greffier et tout le tremblement.

« Allons, trottez... Au galop !...

Puis l'honorable représentant de la force publique se dirigea vers la chambre de Mathilde, estimant que son émoi avait dû se calmer et qu'elle était en mesure d'éclairer sa religion et la justice dont il était la sentinelle avancée.

Jacques pénétra avec lui dans le sanctuaire. Les femmes avaient couché Mathilde sur son lit où elle était étendue à demi-déshabillée, les cheveux épars, le visage inondé de larmes et d'eau de Cologne répandue à profusion pour la rappeler à elle...

— Mademoiselle, veuillez me répondre, fit le brigadier de sa voix la plus solennelle : dites-moi ce que vous savez, ce que vous avez vu dès la découverte du crime ?...

Mathilde ne répondait pas. Elle détournait la tête.

Jacques n'y put tenir.

— Je vous en prie, chère fiancée, parlez. Dites, à tous, notre surprise et notre effroi... Oh ! parlez... Songez que l'on me soupçonne.

« Que l'on va m'accuser de ce crime odieux !...

Mathilde tourna la tête, fixa sur Jacques un regard terne et sans expression ; puis, subitement, elle eut un rire convulsif comme ses sanglots de tout à l'heure.

La malheureuse était folle...

VII

L'accusation et la déduction

Jacques est en prison à Cahors.

Son procès est à l'instruction. Mathilde, qui a eu des accès terribles, a été envoyée à l'asile départemental.

En vain le juge, comme le brigadier, a tenté de lui faire dire ce qu'elle sait, ce qu'elle a vu. Des réponses incohérentes, des rires, des larmes, voilà tout ce qu'il a pu en tirer.

Et cependant le bon juge, Paul Sinel, ne se hâte pas de conclure. Ses constatations sont d'ailleurs déconcertantes comme les dépositions des témoins.

Ceux-ci sont unanimes à reconnaître que des charges morales et matérielles sont accumulées contre M. Darmagne.

Et cependant le juge, qui a pu se rendre compte que le vol semblait être le mobile de l'assassinat, ne peut se décider à en accuser Jacques, son ancien condisciple et ami.

Non, ce n'est pas possible !

Ce jeune homme qu'il a connu si probe et si bon n'a pas souillé ses mains et son honneur de ce terrible attentat, ni surtout de cet infâme cambriolage.

Il eut compris, en effet, qu'il eut commis un crime par dépit amoureux pour soustraire Mathilde, sa bien-aimée, à la tyrannie de son tuteur, mais tomber assez bas pour faire main basse sur l'argenterie, les bijoux, le numéraire et les valeurs...

Non ce n'était pas possible !

Il fallait le croire quand il protestait hautement de son innocence.

Mais alors où aller chercher le coupable, qui accuser, qui arrêter ?...

Cependant le magistrat ne peut se résoudre à accuser Jacques d'un tel méfait...

Et ce malgré les apparences et les témoignages qui sont contre lui.

Et Mathilde, le seul témoin qui aurait pu déposer en sa faveur, en est rendue incapable par cette soudaine démence.

Impossible de la faire parler, de faire surgir le fatal secret qu'elle détient et dont ne peut bénéficier le coupable présumé...

En vain le juge a multiplié des moyens d'investigations.

Il s'est abaissé aux plus basses besognes de police et a eu recours aux lumières et aux suggestions de tout le personnel qu'il a sous la main.

A la prison, les gardiens ont veillé sur le prisonnier, ont essayé de le faire parler, de le séduire et d'en venir à bout par une continuelle surveillance.

Son sommeil lui-même a été surveillé pour tâcher de surprendre le secret de ses soucis. Les co-détenus de Jacques lui ont été adjoints successivement comme compagnons de cellule.

Aucun « mouton » n'a pu obtenir de lui, malgré la variété des moyens employés, que des protestations indignées d'innocence...

Maintenant, M. Sinel laisse tranquille son prisonnier, persuadé, par des rapports continuels et journaliers sur son compte qu'il a dit tout ce qu'il avait à dire et qu'on ne lui arracherait plus rien ni bénévolement, ni par surprise.

Cet homme paraît n'avoir rien sur la conscience et a tout avoué quand il s'accuse d'avoir poursuivi Mathilde d'assiduités qui déplaisaient à l'oncle Alcide et qui par conséquent nécessitaient certaines précautions. Elles devaient paraître suspectes.

dit par crainte de son amoureux.

N'avait-il pas assez de moyens péremptoires pour arriver à ses fins... opposition, malgré son opiniâtreté.

En premier lieu, il fallait compter la... [illegible]... messes formelles de la jeune fille.

Malheureusement celle-ci ne pouvait pas en donner l'assurance et... faisait du coup le meilleur argument de la défense.

Mais la confiance du juge... [illegible] voulait en conscience mettre en doute la parole de... [illegible] sur la sellette par devoir professionnel.

Une seule solution lui... à l'esprit... [illegible]... Pilate... toujours... les mains... [illegible]

[illegible] ... [illegible]

[illegible] ... [illegible] ... [illegible]

La réponse tarda... dans son impatience, Paul... [illegible] demanda.

[illegible] il... dans son cabinet... Arsenal... [illegible] ... les mains tendues et se donna comme le vicaire de... Saint-Espèrie, un bourg qui avait eu l'heur de voir... municipal.

Il reçut fort bien ce messager de paix qui, de la part du... donna des aperçus nouveaux sur l'inculpé.

Le curé de Sainte-Espérie, du canton voisin de Saint-... [illegible] pendant quelques jours des vacances, Jacques... comme... et en avait gardé un souvenir attendri.

Le vicaire transmit avec chaleur la plaidoirie du bon curé pour... [illegible]-élève.

Le juge eut un geste d'impatience, bien que ce nouveau témoignage vint corroborer ses intimes convictions.

[illegible]

[illegible] ... [illegible]

[illegible]

Veuillez vous rendre, Monsieur le Juge, qui... [illegible]

qui est devant vos yeux n'est pas chargé de vous en donner l'assurance.

Il souriait avec malice et, pour la première fois, l'onction et le caractère sacré du personnage parurent au magistrat de mauvais aloi et un soupçon lui vint.

— Se pourrait-il que vous me laissiez dans le doute si vous avez le moindre indice sur les intentions de la Sûreté !

Comme l'autre souriait toujours sans répondre, Paul Sinel prit ce silence pour un aveu.

— Allons, monsieur l'abbé, convenez avec moi que vous savez à quoi vous en tenir sur la réponse faite à ma requête par le chef de la Sûreté.

— Je ne saurais le nier. Le chef n'a pu que bien accueillir votre demande.

« N'est-il pas de son devoir de venir en aide aux magistrats embarrassés par l'astuce de criminels trop habiles à embrouiller les voies de la justice ?...

— Avouez, Monsieur l'abbé, que vous précédez de peu l'arrivée de l'envoyé de la Sûreté.

— De bien peu en effet, car nos arrivées concordent exactement et se confondent en une seule et même personne.

— C'est merveilleux ! Vous avez soutenu imperturbablement votre personnage !...

— Peuh ! fit l'autre, c'est un jeu d'enfant pour un bon détective. Mais je n'ai pas eu l'intention de vous épater par ma façon de porter un travesti...

« C'est le métier qui veut ça. Heureux si j'ai pu vous inspirer quelque confiance.

« Cela me sera un sûr garant de la concordance et partant de la réussite de nos efforts communs.

— Nous marcherons la main dans la main, toujours pour le triomphe de la vérité et de la justice.

— Et aussi, ajouta le détective, pour reconnaître l'innocence de votre ami Jacques Darmagne, qui s'est mis imprudemment dans un bien mauvais cas.

Il tendait au juge la carte qui confirmait sa qualité d'inspecteur principal de la Sûreté.

— J'avoue volontiers, Monsieur Max Blin, que c'est mon désir le plus ardent, conséquence de ma conviction ardente, mais que je voudrais mieux établir.

« Je suis heureux de voir que vous êtes de mon avis.

— Entièrement, Monsieur le juge, et mon opinion est qu'il faut enterrer définitivement cette inculpation. Elle me semble tout à fait fallacieuse.

« Car il faut vous dire qu'avant de venir vous trouver sous ce respectable costume, j'ai flâné, ainsi déguisé, dans le pays, et j'ai pu acquérir bien des convictions basées sur d'autres données que des raisons de sentiment.

« Par mes déductions, notamment, j'en suis arrivé à cette conclusion que la clef du mystère est cachée dans le cerveau aux cellules malheureusement détraquées d'une seule personne, la seule qui ait assisté au drame ou tout au moins n'ai pas lâché d'une minute celui qui en apparaît comme l'acteur principal...

« Et j'estime que c'est là qu'il faut insister et par là détruire le doute qui pourrait subsister à l'égard du jeune Darmagne.

« J'ai cherché la preuve et ne l'ai trouvée jusqu'ici que dans la personne de Mathilde Ardon.

— Il peut y en avoir une autre...

— Sans doute... Aussi faut-il procéder par élimination. La meilleure façon c'est de savoir à quoi nous en tenir sur celle qui se présente la première.

« On verra ensuite.

« Je crois cependant qu'il faudra examiner à fond si cette jeune fille n'est pas la cause initiale du drame, sinon pour Jacques Darmagne, tout au moins pour un autre.

— Vous m'ouvrez de nouveaux horizons, fit le juge pensif.

— L'essentiel donc est d'en avoir le cœur net au plus tôt... Allons donc à l'asile départemental... en compagnie de l'inculpé...

« J'ai eu certaine conversation avec le médecin de l'établissement qui me fait désirer de procéder à une confrontation sensationnelle...

Max Blin fit un haussement d'épaule (page 40)

— Me prends-tu pour un charlatan, Jaquin ?

— Non, certes, car lorsqu'on se base sur la science on ne peut pas... pour toi.

— Mais en médecine, comme en cuisine, il y a la façon...

— De dorer la pilule, continua le docteur, pour séduire le profane... n'est pas le cas ici ?

— Nous avons affaire à une... elle qui ne considère que l'extérieur...

« Méfions-nous tous les deux, car l'expérience déconcerte les prévisions de la science...

— Avez-vous fini, fit en riant le directeur, de raisonner comme deux augures ?...

« Allons, ouste ! à vos fourneaux, maître Calixte ; il n'est que temps de les mettre en train.

— Oh ! affirma le cuisinier d'un air inspiré, j'ai combiné dans ma caboche le déjeuner que je servirai à l'honorable société...

« L'exécution n'est rien.

— Tâchez de ne pas la rater. C'est l'essentiel, ronchonna le docteur qui continua, en s'adressant au docteur :

— Vous avez tort, mon cher, de vous familiariser avec ce drôle qui a l'outrecuidance de comparer votre métier au sien...

— Eh ! il n'a peut-être pas tout à fait tort... Nous nous occupons l'un et l'autre de la santé du corps. « Mens sana in corpore sano ».

« Il est bon de se mettre bien avec le cuisinier. Louis XIV avait accordé à Vatel le droit de porter l'épée. Si nous avions l'air de mépriser maître Calixte, il serait fichu de se flanquer la broche au travers du corps.

« Sur ce, je vais voir comment est disposée la charmante Mathilde Ardon pour recevoir les visites qui lui arrivent...

Sur le coup de onze heures un grand landau venu de Cahors débarqua devant le perron de l'asile les magistrats attendus, que M. Faret introduisit cérémonieusement dans son cabinet.

Le docteur Deshalliers accourut aussitôt. Après les compliments et les shake-hands, le procureur aborda carrément la question intéressante.

— Pensez-vous, cher docteur, que la demoiselle soit en état de supporter l'épreuve que nous lui ménageons ?

— Sans aucun doute, affirma M. Deshalliers.

« Elle est dans les meilleures conditions possibles pour jouer son rôle dans la scène que M. Max Blin m'a si heureusement suggérée...

— Justement voici son partenaire qui arrive, fit observer Paul Sinel, le juge, qui se penchait à la fenêtre ayant entendu un nouveau roulement de voiture.

Jacques débarquait avec deux gendarmes. On lui avait épargné les menottes.

Les deux représentants de la force publique furent envoyés à l'office pour se rafraîchir.

Quant au prévenu, on le fit monter au cabinet directorial sous la conduite du greffier.

— Vous savez ce qu'on attend de vous, monsieur Darmagne, dit le procureur ; après déjeuner, nous nous occuperons de la confrontation...

— Pour le moment, intervint M. Faret, il faut passer dans la salle à manger.

« C'est le moment psychologique.

— Allons-y, déclara le procureur qui était de bon appétit.

Il eut un moment d'hésitation et se pencha à l'oreille du juge qui approuva avec force les paroles sussurées.

Ils firent un signe à Me Antoni, qui aussitôt prit son client par le bras, Max Blin par l'autre...

Ils l'entraînèrent dans la salle à manger, tandis que M. Faret s'empressait de faire ajouter un couvert.

— C'est comme cela que je vous souhaite de comparaître devant vos juges, déclara le procureur qui occupait la place d'honneur au milieu de la table avec le directeur à sa gauche, le juge à sa droite.

Le maître d'hôtel commença par servir des hors-d'œuvre variés et choisis : beurre, anchois, piments de la maison, écrevisses du pays ; puis ce furent des petits pâtés parfumés d'un grain de verjus auxquels succédèrent des truites du ruisseau de Vers, à la chair rose comme celle du saumon, ferme comme des filets de sole.

Un civet de lièvre, sang de l'animal et vin de Grézel combinés comme sauce parfumée de truffe, souleva l'admiration de ces palais délicats ; un salmis de grives compléta cette entrée triomphale par un parfum délicat de genièvre...

Le rôt fut en double en ces agapes voulues pantagruéliques, étant donné la remarquable capacité des absorbants ; lapereau sauce à l'enfer, bécassines sur canapé, le tout arrosé de Cahors centenaire.

Il y avait de quoi contenter les délicats et les goinfres.

Aussi, au dessert, composé de fruits délicieux du verger de l'asile et

Tre pâtisseries variées, les suffrages furent unanimes, et selon l'usage du pays, Me Calixte fut appelé à comparaître devant le noble aréopage et il lui fut décerné des éloges enthousiastes.

Puis, toujours selon la coutume locale, on l'invita à placer sur la table une assiette où s'empilèrent les pièces blanches...

Rouge de plaisir et d'orgueil, le maître-coq servit un café, moka supérieur aromatisé de vieil Armagnac de derrière les fagots.

Puis chacun s'en fut savourer dans le parc les excellents « puros » du directeur.

Vers trois heures tous se dirigèrent vers le cabinet de M. Faret.

IX

Coup de théâtre

Mathilde Ardon fut introduite en compagnie de deux gardiennes dans le cabinet, transformé en prétoire.

Le procureur, le juge, le greffier étaient rangés sur des fauteuils autour du bureau. Jacques était installé en face, assisté de son avocat et flanqué des deux gendarmes.

Max Blin, debout devant la cheminée, regardait la mise en scène.

Il souriait.

Les infirmières firent asseoir Mathilde un peu effarée, mais charmante en sa coiffure échevelée.

Jacques se pencha pour lui décocher un regard d'amour et un signe amical, auxquels elle ne répondit que par un vague cillement et une inclination de tête.

— Accusé, levez-vous, prononça le procureur avec emphase. Vous savez l'inculpation qui pèse sur vous.

« Surpris près des cadavres des victimes du plus lâche des attentats, vous étiez couvert de sang. Malgré cela et contre toute vraisemblance, vous avez nié énergiquement être l'auteur du crime...

A la dérobée, le procureur jetait des regards du côté de la jeune fille qui demeurait impassible.

Il continua :

— Greffier, lisez-nous quelques dépositions de témoins à charge et tout d'abord le premier procès-verbal lors de la découverte des cadavres rédigé par le brigadier.

D'une voix bien timbrée, le Greffier fit cette lecture, durant laquelle Mathilde donna quelques signes d'attention et tressaillit même aux passages les plus dramatiques...

Le docteur Deshalliers suivait avec une attention soutenue sur le visage du sujet, l'effet produit par cette lecture...

Il fit un signe et le procureur continua à jouer son rôle avec une éloquence sobre, mais énergique.

— Accusé, persistez-vous à nier ?... En présence de ces témoignages accablants, reconnaissez la vérité.

« Avouez, le jury vous en tiendra compte.

— Je suis innocent, affirma de nouveau Jacques ; et une personne ici pourrait d'un mot faire cesser ce dangereux malentendu.

« Mais elle ne veut pas...

— Elle a tort, déclara le procureur d'une voix tonnante, sa voix des grands réquisitoires.

« Car un de ces matins, à l'aube grise et sinistre, un fourgon débarquera à Cahors les bois de justice. La guillotine se dressera. De la prison arrivera le patient après un trajet d'angoisses et de désespérance. Un homme sera jeté sur la funeste bascule...

« Et le couperet, étincelant aux rayons du soleil levant, tranchera la tête d'un innocent. Cet homme ce sera vous, Jacques Darmagne, convaincu sans rémission du crime du Castel des Côtes...

A ces terribles évocations, Mathilde s'était levée, son front s'était éclairci et, d'un geste furieux, elle avait rejeté ses cheveux en arrière.

Au dernier mot du procureur, elle poussa un cri strident et ses yeux fulgurèrent sous le feu de la raison revenue soudain.

— Grâce pour Jacques, grâce : il est innocent !...

— Enfin ! murmurèrent à mi-voix Me Antoni Bonnard et Max Blin.

— [illegible], cria Mathilde en interrogeant le gendarme qui [illegible]
— Allez, Mathilde, je vous en supplie, dit Jacques à genoux [illegible]
— Jacques n'a pas quitté le verger durant le crime et c'est moi qui [illegible] l'ai découvert. Il n'a [illegible] vendu qu'à mon appel.
— Puis je ne sais plus [illegible]
— Un voile s'est étendu devant mes yeux. Je n'ai plus rien [illegible] entendu. Je ne me réveille qu'à présent et que peu à peu de ce [illegible] sommeil plus profond que celui de la mort.
— Merci ! merci ! balbutia Jacques en se relevant pour aller [illegible] les mains de celle qui le sauvait de la honte imméritée.
Les deux gendarmes avaient cru bon de s'éclipser comme si [illegible] d'écrou était déjà signée.
— Mes compliments, mademoiselle. Vous pouvez vous retirer et [illegible] autorisons votre fiancé à vous suivre.
Jacques se précipita et offrit son bras à Mathilde qui y appuya [illegible] son aimable divin sourire de naguère.
[illegible] vous irions pour aller faire un tour dans le parc.
— Vous vous [illegible] n'y a pas tarder à nous tirer [illegible] seul, déclara Max Bruno et [illegible]
— [illegible] un prévenu qui va s'emparer de nous en faire [illegible] [illegible] un concours.
— Assurément, continue le [illegible], mais d'un moment qu'il doit [illegible] qui trouver un remplaçant.
— C'est votre affaire, cher Maître [illegible] j'avais [illegible] espoir de ne pas longtemps chômer dans mon intérieur.
— Vous m'arrachez un innocent en une fois [illegible]
— Et vous allez de même découvrir le coupable, conclut [illegible]
— Allons, Messieurs, il se fait tard, qu'on attelle à neuf, qu'on [illegible] nos bêtes avant minuit, nous souperons à Saint-Gay.

X

Toute la lyre

[illegible] suite du transport [illegible] Jacques Max Bruno était [illegible]

[illegible]
[illegible] dans une nuit [illegible]
obscurité plus impénétrable qu'auparavant [illegible]
l'innocence de Jacques, comme il fallait découvrir une autre voie [illegible] le détective, ne se limitait pas, employait activement [illegible]
Huit jours après la [illegible] théâtre de l'affaire de Raymond, il était [illegible] voir M. Paul Sinet en son cabinet.
— Eh bien, mon ami, dit le juge, êtes-vous arrivé à découvrir l'énigme ?
[illegible] à force d'amour [illegible] d'une autre [illegible]
[illegible] en allumant sans façon sa cigarette.
— Vos brûlants [illegible] j'en brûle une.
— Veuillez en deux et donnez-moi le résultat de vos démarches [illegible] [illegible]
— L'étude du dossier m'avait déjà éclairé et je n'ai fait que [illegible] ces places mes précédentes observations.
— À l'heure actuelle, je crois connaître la vérité.
— Vous croyez ?... Vous n'avez pas la certitude ?
— Eh ! peut-on jamais avoir [illegible] qu'il s'agit d'une affaire criminelle [illegible] les yeux même sont sujets à caution et souvent un accident bien [illegible]
— Vous avez raison, [illegible] un policier [illegible]
— Oh ! l'intime, Max, quel sceptique vous êtes. Vous [illegible] de vous-même [illegible]
[illegible] m'apprend toujours à [illegible] mes modestes [illegible]
[illegible] un grand travail à échelle [illegible]
[illegible] vous n'aviez que ce mérite que de [illegible]

— Non, mais des vérités relatives...

— Enfin, qu'avez-vous appris de nouveau à la lecture du dossier et à la suite de vos promenades dans le pays ?

— Dans le pays, peu de chose en dehors de très vagues indices... Ah ! cependant un fait capital, Mme Darmagne, pendant la détention de son fils, a voulu désintéresser certains créanciers.

« Elle s'est adressée naturellement là où elle savait trouver de l'argent, chez Me François Bergognoux, sacrifiant les espérances d'avenir de son fils à son désir de le libérer de dettes fâcheuses qui auraient pu lui nuire en son procès.

— Et qu'a fait le notaire de Saint-Espanact ?

— Il s'est empressé de payer sans marchander, heureux de voir que les Darmagne étaient obligés d'abandonner la proie qu'ils lui contestaient.

— En effet, c'est une rude épine qu'il a retirée de son pied.

— Possible, mais du même coup, il s'en est fourrée une autre, dont il aura du mal à se défaire.

— Comment ! qui paie ses dettes s'enrichit, et c'est le cas pour Bergognoux.

— Il s'enrichit, soit, mais il se compromet, insinua le détective en envoyant vers le plafond une bouffée de sa cigarette...

— Oh ! oh ! fit le magistrat après un instant de silence, n'allons pas tomber de Charybde en Scylla.

« Gare aux gaffes !

— Je m'en tiens à la formule classique et je me suis demandé : D'où vient l'argent...

« Et le dossier m'a répondu...

— De quelle façon ?

— Il m'a appris que cet argent provenait du coffre-fort de la victime...

— Voilà qui est fort !

— Sûrement... Mais c'est exact. En compulsant le dossier et les papiers du défunt, j'ai trouvé une liste de chiffres qui sont les numéros des actions diverses au porteur qui appartenaient à M. Alcide Bergognoux et qui étaient en dépôt à l'étude de son neveu.

« Or, une enquête chez les agents de change à Paris, m'a promptement appris que ces titres ou un certain lot de ces titres ont été vendus jusqu'à concurrence d'une somme de 30.000 francs, juste le chiffre qui fut compté à Mme Darmagne. J'ai eu la curiosité de savoir le nom du vendeur.

« Et, malgré le secret professionnel que m'opposaient les agents de change, j'ai su que ce vendeur n'était autre que M. Bergognoux.

— Diable ! fit le juge en se grattant la tête. Tous mes amis vont donc y passer.

— Celui-ci est mieux placé pour être soupçonné... Il existe une tache sur son honneur professionnel : son refus de rendre l'étude à la majorité de Jacques Darmagne.

— Sans doute, ce ne fut pas très correct. Mais de là à l'accuser...

— Ce sont les faits qui l'accusent...

— Eh ! mon cher, il ne faut pas oublier que Bergognoux est l'héritier de son oncle.

— Hum ! le testament ne fut pas homologué... Enfin il faut demander des explications à ce notaire.

— Sans doute et je vais le convoquer immédiatement... Vous assisterez, cher maître, à cette nouvelle phase de l'instruction et à l'interrogatoire de Bergognoux.

— Merci, je pourrai vous être de quelque utilité durant ces entrevues qui pourront nous éclairer...

François Bergognoux fut mandé dès le lendemain. En pénétrant dans le cabinet de son ami Paul Sinel, il avait la mine basse et le regard fuyant.

Ce gros garçon ne paraissait pas du tout tranquille et ses deux interlocuteurs, aussi bien le juge que le détective, en furent défavorablement impressionnés.

— Voyons, mon cher ami, fit le juge, vous allez nous donner des éclaircissements sur des agissements qui nous semblent louches.

— Je ne demande qu'à éclairer la justice, déclara le notaire avec brusquerie.

Voilà une procédure bien menée... comme son oncle. Et M. Brigeois n'...
le notaire avoué... déclinaient de...
la cachette, vous n'aurez aucune raison de...
plein mandat d'arrêt.

— Allez vite en besogne, Bergognoux... que le comtois...
est au-dessus d'un tel soupçon de meurtre.

Il a commis des irrégularités singulières, coupables même... d'avoir
assassiné son oncle dans le but d'entrer plus vite en possession de
l'héritage. Il y a un dôme.

Pour... La cupidité et l'amour réunis sont capables de... raisons
plus profonds que celui-là...

... dans le meurtre. François essayer de...
Il a fait dire à Mme Darmont qu'il était prêt à...

... En effet, il a défendu en toutes circonstances l'honneur et la
liberté du fils de son ancien patron, se portant garant de son innocence
parfaite avant que Mlle Mathilde Ardon ne la proclamât sans conteste.

— Bah ! c'est ce qu'on appelle jeter du lest. Cette attitude peut être
... lée.

— Nouvelle paraît sincère... d'ailleurs nous allons nous en assurer
... l'arrivée de M. Bergognoux.

— Ce qui est d'ailleurs un beau denier, remarqua le détective.

— J'ai agi de la sorte pour dédommager cette jeune fille, pour laquelle je professe un véritable culte, de ses malheurs et de ses angoisses et aussi avec le secret espoir de toucher son cœur rebelle.

— Oh ! je crois que vous pouvez rayer cela de vos papiers, cher Monsieur, déclara Max, et aussi l'espoir que cette libéralité puisse vous laver du soupçon qui plane sur vous.

« Ce serait vraiment trop facile, et vous ne désarmerez pas plus M¹le Ardon que vous ne pourrez égarer la justice...

— J'aurai toujours la satisfaction d'avoir assuré le bonheur de celle que j'aime, reprit tristement François... Mon cœur saura consentir aux sacrifices, même en faveur d'un rival.

— C'est bien de savoir ainsi réparer ses torts, fit le juge.

« Il ne reste plus qu'à examiner l'emploi de votre temps ; car vos procédés financiers et fiscaux ne laissent pas de nous paraître étranges.

— Nous avons le droit après cela de scruter votre vie jusque dans ses arcanes les plus secrètes.

— Je m'incline et je supporterai les actes de suspicion les plus cruels ; même mon arrestation ne soulèvera aucune opposition de ma part.

« M. Darmagne l'a bien subie, lui aussi.

— Il semblait être pris en flagrant délit et ne donnait aucune explication ni témoignage satisfaisant, se hâta de dire le juge qui voulait encore temporiser et se méfiait de la hâte brutale du policier.

« Vous avez fourni sur vos machinations, coupables il est vrai, des explications plausibles bien que délictueuses. On devra les admettre jusqu'à preuve du contraire...

« Allez.

— Décidément, Monsieur le juge, dit Max avec impatience, il vous faut donc l'aveu du coupable, et autre chose encore pour vous décider à l'arrestation.

— Je connais François, affirma Paul Sinel, s'il était vraiment coupable, il l'eût avoué pour sauver Jacques et se serait logé une balle dans la tête.

Max Blin eut un hochement d'épaules ; mais, fidèle à ses principes d'impartialité, il ne manifesta pas autrement son incrédulité.

— A Paris, murmura-t-il, nul juge d'instruction n'eut hésité en présence de pareilles présomptions graves, précises et concordantes...

— En Quercy, avant de jouer notre grand air, nous avons coutume d'éprouver toutes les cordes de la lyre, déclara Paul Sinel avec un sourire de philosophe indulgent...

XI

Générosité naturelle

Après sa sortie de l'asile de Laymon, Mathilde n'avait pas voulu rentrer au Castel des Côtes, où elle avait supporté une si terrible émotion, et où d'ailleurs elle ne se croyait plus chez elle puisque François en était l'héritier, et qu'elle ignorait encore la généreuse détermination de son ancien prétendant.

Elle alla se réfugier auprès de Mme Darmagne qui l'y invitait.

La jeune fille, rendue à la raison, voulait affirmer et confirmer de la sorte sa déposition lors du transport de justice.

Peu lui importait d'ailleurs de se compromettre. Jacques n'était-il pas son fiancé et n'avait-elle pas consenti avant le fatal événement, de le suivre au clos des Vignes si son oncle persistait à lui imposer une union qui ne lui convenait pas ?...

Après les formalités de levée d'écrou, qu'avait précédé l'ordonnance de non-lieu, Jacques eut l'immense compensation de trouver Mathilde installée auprès de sa mère et ce fut sous les belles treilles de l'enclos héréditaire que les jeunes gens formèrent de beaux projets d'avenir et s'entretinrent de leur mutuelle tendresse.

— Comment se fait-il, chère âme, que je puisse supporter un pareil bonheur au sortir de telles péripéties si cruelles et inopinées.

— Dame, ami, il faut traverser la Mer Rouge pour arriver à la Terre promise. Notre félicité sera plus savoureuse par le contraste du passé rigoureux.

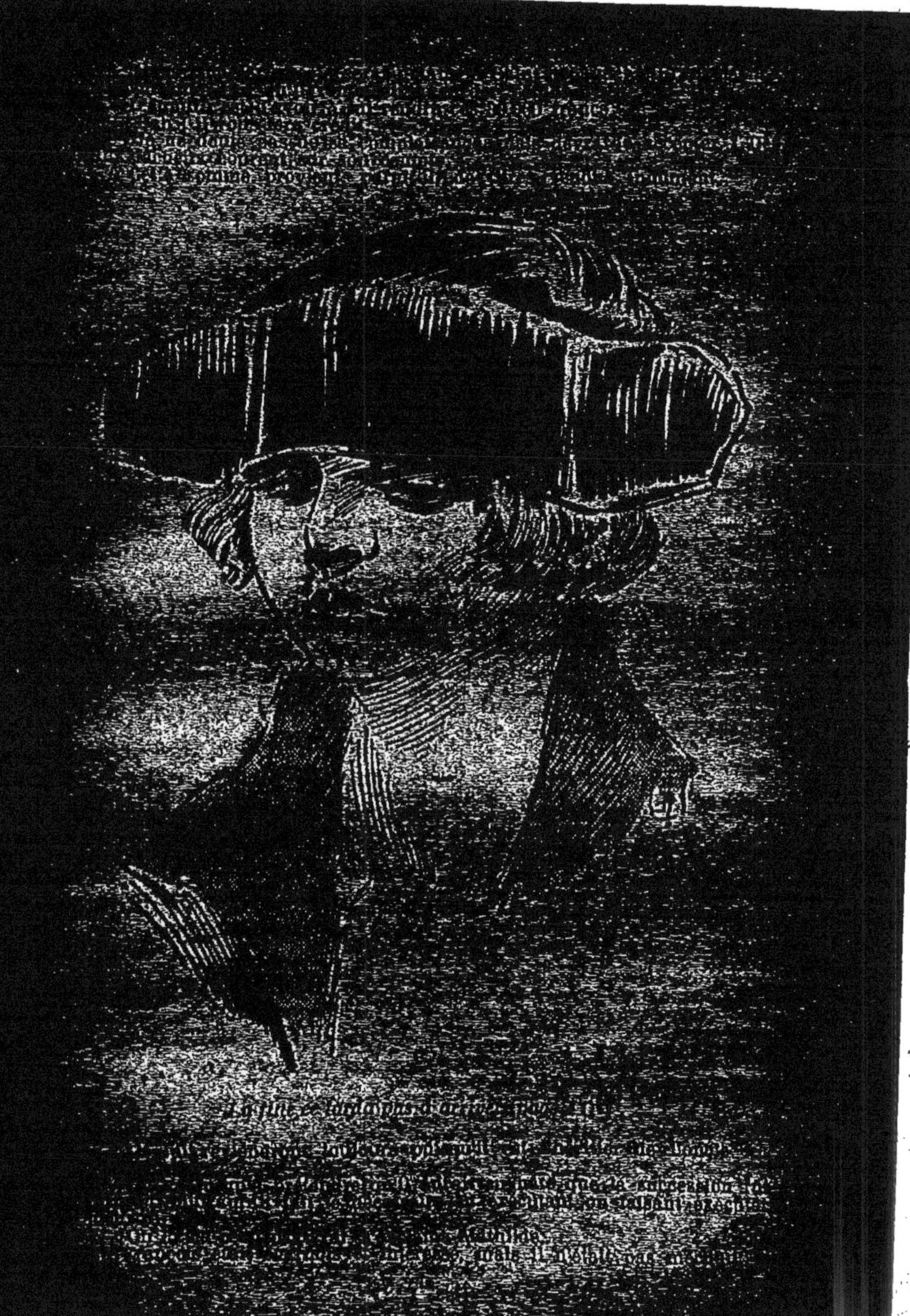

— Je le crois aussi, bien qu'il ait agi avec moi d'une façon déloyale et malhonnête ; malheureusement sa conduite est louche et s'il n'avait contre lui que l'ami Paul Sinel, le juge, il s'en tirerait comme moi...

« Mais il y a un limier de Paris qui soulève ciel et terre pour le convaincre du crime du Castel des Côtes.

« Je le plains d'être ainsi sous sa main redoutable.

— Fâcheuse complication ! murmura Mathilde. Quoi qu'il en soit, nous le défendrons « mordicus ».

— Soyez-en assurée, déclara Jacques.

« Ne serait-ce que pour vous faire plaisir, je donnerai ma main à couper pour affirmer sa non-culpabilité.

— Vous êtes grand et généreux, mon Jacques. Mais avouez que vous n'êtes pas absolument convaincu de son innocence.

— Assurément pas comme je l'étais de la mienne ; mais je m'efforcerai de l'être ; car je crois que ce sont de vulgaires assassins qui ont forcé les tiroirs et les armoires en véritables virtuoses de la cambriole.

« S'ils n'ont pas tout pris, c'est qu'ils nous ont peut-être aperçus et qu'ils ont pris peur.

— C'est probable et c'est heureux que notre entrevue ait eu lieu ce soir-là...

— Oh ! Mathilde, c'est affreux de penser que vous aussi, auriez pu être victime des bandits !...

— La providence vous a épargné cette douleur. Elle nous réservait l'un à l'autre.

— Oui, notre union réprouvée par l'oncle Alcide, était bénie du ciel avant le sacrement qui nous attend.

— Oui, fit une voix haletante derrière eux, aussi je m'incline devant cette décision du sort.

Pâle et hagard, François se tenait debout sous la clarté tamisée par la treille, et la verte lueur de la feuillée donnait à son visage des apparences spectrales.

— Ah ! j'ai été bien puni de ma déloyauté !...

— Vous l'avez réparée noblement, monsieur, interrompit Jacques en lui tendant la main et je vous remercie de m'avoir conservé et rendu l'héritage de mon père.

— C'est un devoir tardif que j'ai accompli là. Mais mon orgueil et l'affection que j'avais vouée à ma cousine m'ont perdu.

« Le malheureux oncle Alcide avait eu tort de me mal conseiller en me fournissant les moyens de vous influencer...

— Ceci fut plus qu'une faute, monsieur, déclara Jacques, ce fut une maladresse...

— Maladresse d'autant plus grave qu'elle m'a entraîné à d'autres plus dangereuses. Vous savez les soupçons dont je suis l'objet.

— Oui, on en jase dans le pays. Mais je dois vous dire que nous n'y croyons pas. Bien mieux, quand vous nous avez surpris, nous étions à nous mutuellement promettre de vous défendre énergiquement... Mathilde n'a jamais douté de son cousin...

« Jusqu'à ce point tout au moins.

— Oh ! merci, merci à tous deux ! Je saurai reconnaître encore mieux votre générosité bénévole...

« L'oncle Alcide, qui adorait Mathilde, ne l'avait déshéritée que dans l'espoir de favoriser mon mariage avec elle.

« Dès le moment que cette union devient impossible, je renonce à ce testament caduc et je m'incline devant le précédent qui vous favorise.

— Oh ! François, c'est vraiment trop !...

— Votre innocence n'a pas besoin, pour être proclamée, que vous fassiez ce nouveau sacrifice, dit Jacques en fronçant le sourcil, et je ne saurai désirer que vous dotiez ma fiancée.

— Je ne fais que me conformer aux intentions de l'oncle. Dans l'au-delà, il approuvera ma détermination.

— Merci, François, et je ne doute pas que les juges vous tiennent compte de votre généreux mouvement.

« Ce policier lui-même en sera désarmé.

— Ce n'est pas mon but, certes. Et si cela l'était, je serai déçu ; car cet homme, habitué à voir des coupables partout, par manie professionnelle, a accueilli cet abandon volontaire avec un scepticisme complet.

« Paul Sinel peut-être a su l'apprécier.

— Notre témoignage pèsera aussi dans la balance, protesta Mathilde. Ayez bon espoir et confiance, mon pauvre François.

« Comptez sur nous.

— J'y compte puisque vous voulez bien oublier le passé, vous, devant qui l'avenir s'ouvre souriant et rose.

« Excusez-moi de vous avoir troublé dans votre heureuse intimité en vous montrant mon infortune.

« Adieu !

Il s'éloigna tristement.

Les fiancés coururent après lui pour lui serrer la main, mais sans le retenir davantage ; car ils n'avaient plus rien à lui dire et le crépuscule tombait du haut des coteaux dont l'ombre s'allongeait dans le vallon...

Un instant, ils s'accoudèrent côte à côte sur la terrasse, contemplant l'incendie du soleil couchant qui projetait sur François qui allait vers le bourg, comme une lueur sanglante et de mauvais augure...

Jacques en fit la remarque.

Mais Mathilde protesta :

— J'ai l'intime conviction que François sera sauvé et qu'il est innocent.

« Cependant je crains que ne s'accomplisse ce présage de mort et de sang.

« J'en ai comme un pressentiment.

— Rassurez-vous, chère âme, François n'attentera pas à ses jours, car ce serait un aveu...

« Il défendra son honneur et son innocence.

— Oui, murmura la jeune fille, sans doute, mais après...

— Après, notre affection fraternelle lui fera oublier tout cela et le sauvera du désespoir et de la jalousie...

XII

« Deus ex machina »

— Tout cela ne prouve rien, déclarait le détective au juge Paul Sinel Bergognoux est acculé à ses derniers retranchements.

« Précipitamment il se débarrasse de tout l'argent et de toute chose qu'il a indûment perçus.

« Son étude, il la sacrifie sachant bien que le garde des sceaux le forcera à la mettre en vente après tout ce scandale.

« Cette succession même qu'il a été si pressé de réaliser, il la répudie, en faveur de celle sur laquelle il comptait exercer une fâcheuse contrainte au moyen même de cette richesse accaparée.

« Successivement il renonce à trois avantages conquis ou désirés si âprement :

« 1° A l'étude du père Darmagne.

« 2° Au testament de l'oncle Alcide.

« 3° A ses amours avec Mathilde Ardon.

« Voulez-vous me dire d'où lui vient si brusquement cet esprit de sacrifice ?

— Dame ! murmura le juge perplexe, on peut penser que ce crime soudain perpétré a ouvert ses yeux et l'a frappé de la grâce.

« Il faut aussi tenir compte de la disparition du vieil Alcide et de son influence néfaste sur son neveu. Le bonhomme était têtu et autoritaire.

« Par la force de son argent, il voulait que ce mariage se fît et, s'il avait vécu, il se serait fait ou Mathilde aurait été déshéritée.

— Déshéritée... Mais elle l'a été. C'était un fait acquis, accompli et Me François avait déjà mis le grappin sur la succession.

« Il a fallu que je découvrisse le pot aux roses pour qu'il se décidât à rendre gorge.

« Et comment ?...

« Le couteau sur la gorge, sous la menace d'une terrible accusation qu'il essaie de parer par des sacrifices radicaux. Non, il ne m'a pas convaincu par cette trop tardive générosité. Le mobile qui l'a fait agir est évident : détourner la tempête qui va crever sur sa tête...

« Il agit comme ces voleurs qui, surpris la main dans la poche de leur victime, s'enfuient en semant leur butin pour arrêter l'élan des poursuivants.

— Enfin que désirez-vous de moi ? demanda le juge avec angoisse ; car cette terrible logique le confondait.

— L'arrestation du notaire contre lequel s'accumulent... tions accablantes...

— Les présomptions ne sont pas des preuves.

« Elles sont combattues par les dépositions de Mathilde Ardon et de son fiancé.

— Parbleu ! ces jeunes gens oublient les injures du passé à la faveur des concessions actuelles.

— Sans doute, mais ces présomptions...

— ... Sont graves, précises et concordantes, je vous le répète ; amplement elles justifient le mandat d'arrêt qui devra être rapidement transformé en mandat de dépôt.

Et le détective poussa vers le juge un mandat en blanc.

La mort dans l'âme, le juge remplit les blancs ; mais, avant de le signer, il s'arrêta encore avec une croissante angoisse :

— Je ne puis me décider... Si cet homme, malgré tout, n'était pas coupable... Voyez le cas de Darmagne.

— Oh ! vous n'avez pas hésité à emprisonner celui-là. Hésiteriez-vous à vous assurer de la personne de celui qui est coupable ?...

— Il est innocent comme Darmagne, fit soudain une voix ferme et forte sur le seuil du cabinet.

C'était Me Antoni Bonnard, l'avocat présumé de Bergognoux comme il avait été celui de Jacques, qui survenait comme le « deus ex machina » des tragédies antiques.

— Je sais, je suis certain, je connais le coupable.

L'avocat était dans un état de surexcitation qui contrastait rudement avec son habituelle physionomie empreinte toujours d'ironie et de scepticisme en bon sybarite qu'il était dans la vie privée...

<h2 style="text-align:center">XIII</h2>

<h3 style="text-align:center">Où reparait une ancienne connaissance</h3>

Me Antoni Bonnard était un bon et joyeux vivant, passant, selon la chanson, de Bacchus à l'Amour et de Vénus à la Dame de pique.

Il disait volontiers de lui qu'il avait peu de défauts mais beaucoup de vices et il les pratiquait en pécheur impénitent.

Ce vieux marcheur, jovial et débauché, avait une panse de Silène et un regard luisant et émerillonné ; sa mine était fleurie et sa faconde proverbiale aussi bien au Palais qu'à table.

Ce célibataire endurci courait le département et les régions circonvoisines toujours en quête d'une bonne affaire, d'un dîner plantureux ou d'une grasse cause avec comme clientes ou partenaires de belles et honnêtes dames, à la façon de celles du seizième siècle, héroïnes de Boccace ou de Marguerite de Navarre.

Ses amis et connaissances se faisaient un plaisir de lui signaler les belles occasions de franches lippées ou d'aventures galantes...

C'est ainsi que, l'avant-veille, il plaidait une affaire de divorce devant le Tribunal civil de Villefranche quand son confrère Me Colin, du barreau de cette ville lui tapa sur l'épaule quand il eut fini sa plaidoirie pour la dame qui aspirait à la libération conjugale, bien qu'elle eut copieusement... combattu son époux.

— Hein ! mon vieux, fit le confrère émoustillé, ton « laïus » était tapé, croustillant et suggestif à souhait.

« On voit que la cliente ne fut pas farouche pour un sou et qu'elle sut inspirer par des honoraires en nature l'éloquence du plus amoureux des aigles du barreau.

— Détrompez-vous, maître, la source de mon éloquence ne fut pas aussi sentimentale que vous le pensez.

« La dame est riche immensément, vous le savez, et je n'aurais eu garde de tarir le déluge de sa générosité par une intempestive déclaration, qui n'eût produit que des honoraires platoniques et dérisoires. Je ne recherche pas l'amour de celles qui paient, moi.

« Je ne suis pas un Alphonse du barreau...

— Vous avez raison, maître, vous raisonnez et parlez d'or, comme toujours.

« Vous aimez mieux canaliser le Pactole que captiver Vénus...

— Peuh ! dans l'espèce, Vénus cède le pas à Plutus. D'ailleurs la commère est un peu mûre...

— Vous préférez courir le guilledou avec les tendrons et les [illegible] verts.

— Parfaitement... cette matrone, impatiente du joug conjugal, m'a baillé un beau billet de mille...

« Avec ça on peut se payer quelque frais minois ».

— Eh ! eh ! mon cher, comme ça tombe...

— Vous en connaissez de jolis et tendres.

— Mais oui... je n'ai pu en profiter, étant pressé... Mais si vous voulez, nous y reviendrons.

— C'est dit... Part à deux ; j'arrose et je casse mon billet.

« Où c'est-il, que j'y courre ? »

— Je vous y conduirai et prélèverai une commission... en nature.

— Entendu, topez-là, maître. Où allons-nous diriger nos pas ?

— Pas trop loin d'ici, à cinq ou six stations plus loin que Villefranche. C'est à Gramont que perche cette belle fille.

— Si belle que ça ?

— Vous m'en direz des nouvelles quand vous l'aurez vue. C'est une Parisienne descendue dans un hôtel du bourg, auberge hospitalière, où nous pourrons la voir et l'entretenir à loisir. Elle a de belles toilettes, du beau linge...

— Mais comment a-t-elle échoué à Gramont ?

— Nous le lui ferons conter. C'est toute une histoire un abandon navrant qui la rend toute intéressante. Je ne vous dis que ça !

— Enfin on va voir, se rendre compte et profiter de l'occasion. Nous partons ce soir.

Sitôt dit, sitôt fait, et les deux compères s'embarquèrent au train de six heures pour aller débarquer à Gramont à huit.

Ils débarquèrent dans une de ces vieilles hôtelleries, comme il en existe encore en province, où la chère est exquise et où le confort moderne commence à se faire sentir.

Après un bon souper, les deux chasseurs de perdrix songèrent à s'enquérir de la belle enfant de leur rêve auprès d'un garçon qui, pour si [illegible] qu'il fût, n'en était pas moins la complaisance même.

Ils apprirent de sa bouche que la charmante était logée chez la Renaude, patronne d'une auberge voisine.

Ils se transportèrent aussitôt en ce nouveau logis et la Renaude leur confirma la bonne nouvelle.

— C'est quelque chose d'à peu près, fit-elle, un peu triste, la fille, un peu résignée à ce qu'elle est obligée de faire. Mais que voulez-vous, elle a été plaquée par son ami avec une forte note à payer ici.

« Elle s'est dévouée pour ne rien me laisser perdre.

— C'est une honnête fille, murmura Me Bonnard attendri.

— Qui paie ses dettes s'enrichit, appuya Me Colin. Nous l'allons récompenser largement de cette vertu si rare chez les donzelles.

— Avec ça, fit la logeuse, quand elle est en train et qu'elle a bu du champagne — elle l'adore — son bagout est des plus affriolants.

— Parfait ! applaudit Me Antoni, vous allez nous en monter deux bouteilles de la veuve Clicquot, et je pense que la petite se déridera vite.

La fille ne tarda pas à arriver en même temps que les deux bouteilles, flanquées de gâteaux et de fruits savoureux.

Nos deux Céladons l'invitèrent galamment à partager leur dessert, ce qu'elle accepta sans façon. Bientôt le vin pétilla dans les verres et sa [illegible] légère fit aussi crépiter le feu des escarmouches.

— Allons, ma belle, encore une coupe, ça vous réussit ça me semble.

— Merci, ça me réussit trop bien et la chaste Suzanne pourrait se perdre.

— Méchante, qui nous comparez aux deux vieillards bibliques et paillards.

— On n'a que l'âge que l'on paraît avoir, et comme libertinage vous semblez n'avoir que soixante ans... à vous deux.

— Merci du compliment, il est court mais tapé !...

— Puissions-nous vous avoir aussi tapé dans l'œil !...

— Dans l'œil, mais pas à l'œil...

— Pour sûr, vous pourrez nous taper, si vous êtes bien gentille.

— Pour lequel ? J'ai deux yeux...

— Et superbes !

— ...Mais je n'ai qu'un seul cœur... qui en veut ?

— Oh ! nous pensions que la polyandrie vous irait.

— Non, une corvée cela suffit. Jouez à pile ou face.

— Non, pas de ça, mon amour, choisissez celui que vous aimez. Il paiera pour deux.

— Charmant ! mais je ne me vends pas.

— Vous vous donnez ?

— Non, ce n'est plus dans mes moyens. On me donne...

— On vous fera l'aumône, joli mendiant... Quel est l'heureux que vous choisissez ?

— Vous qui parlez si bien... Puisse cette faveur vous donner plus grand plaisir.

— Plaisir illusoire quand il n'est point partagé ! fit M° Colin en se levant dépité. Je vous laisse.

« Cependant je vous ferai observer, charmante Hébé, que quand il y en a pour un...

— Il n'y en a pas pour deux, répliqua la belle fille sèchement.

Et, versant du vin dans sa coupe, elle y mouilla ses lèvres et le tendant à l'amoureux évincé...

— Tenez, buvez, comme fiche de consolation.

— Merci, le champagne est meilleur en passant par vos lèvres...

Resté seul, M° Antoni rapprocha sa chaise et passa le bras autour de la taille de la mignonne.

— Vous allez me dire, ma charmante enfant, comment on vous nomme?

— Volontiers, cher seigneur, les uns me nomment Naïs, les autres Friquette simplement, choisissez.

— Naïs est plus tendre et Friquette plus croustillant. Je vous appellerai tantôt d'un nom, tantôt d'une autre, selon les temps et les gestes.

« Je commence par vous appeler Naïs.

— Alors, vous allez être tendre.

— Il faut bien d'abord capter votre confiance, ma jolie Naïs, pour que vous me confiez vos peines.

— Qui vous dit que j'en aie ?...

— Je lis ça dans tes beaux yeux si tristes.

— On voit que vous avez l'habitude de lire dans ces livres.

— Un peu... Or donc, qui les a fait pleurer, ces adorables mirettes. C'est un petit gigolo point rigolo qui s'est sauvé sans crier gare...

— Toujours sorcier, fit-elle en riant. Je suis vouée aux lâchages. Il y a quelqu'un du pays qui m'a plantée là.

— Oh ! le vilain !

— Oh ! ce n'est pas celui-là auquel j'en veux le plus.

— Ah ! il y en a un second.

— Oui et celui-là est une fière crapule. Il m'a lâché pour me forcer à me mal conduire.

« Ils étaient deux amis qui voulaient profiter de mon commerce...

— Comme nous deux...

— Oh ! ce n'est pas la même chose... Vous, vous donnez, les autres voulaient que je leur donnasse mon bénef...

— Deux jolis Alphonses !

— C'est cela, et peut-être pire. Ils ont raté une affaire et m'ont laissé sans un sou à cette auberge où leur note est en souffrance...

— Et vous dites qu'ils ont raté un coup, un mauvais coup sans doute.

— Oui, ils comptaient sur une fortune, ils n'ont pu avoir que cinq cent cinquante francs au total...

M° Antoni sursauta et dressa l'oreille... Juste la somme que devait avoir en caisse Alcide Bergognoux : l'argent volé par les assassins.

« Il rapprocha encore sa chaise et serra plus fort la gente fille...

— Et vous dites, chérie, qu'ils ont raté leur coup. Qu'eusse été, s'ils l'avaient réussi ?

— Une fortune, vous dis-je.

— Et comment ont-ils ramassé ça ?

— Que sais-je, au jeu sans doute.

— Peuh ! avaient-ils de l'argent pour tenter le bac ou les petits chevaux, à Cransot sans doute, la station balnéaire voisine que votre beauté révolutionna.

— Assurément... Cependant ils n'avaient pas le sou, le Costaud avait juste l'argent du voyage.

— Le Costaud, c'était votre amant ?

— Non, c'est Belle-Gueule qui a cet honneur.

— Alors, ces deux chevaliers n'ont eu que cinq cent cinquante francs de bénéfice... S'ils n'étaient pas contents et satisfaits, c'est qu'ils ont risqué gros...

— Sans doute, murmura la belle d'un air pensif...

— Et vous ne soupçonnez pas ce qu'ils sont venus faire ici.

— Oh ! je sais peu de chose... Ils m'ont dit qu'ils voulaient faire chanter mon ancien ami qui allait se marier et se faire notaire. Sur mon refus de me prêter à ces manigances, ils se sont décidés à faire autre chose...

— Dites, ma petite, votre ancien ami ne s'appelait-il pas Jacques ?

La Friquette eut un cillement et rougit...

— Non, il ne s'appelait pas ainsi, murmura-t-elle faiblement.

Cette dénégation équivalait à un aveu aux yeux du clairvoyant maître.

Il reprit :

— Et dites, cet ami vous l'aimiez un peu, malgré son abandon, puisque vous n'avez pas voulu lui jouer un méchant tour ?

Friquette hésita un instant avant de répondre, inquiète de la tournure insolite de la conversation.

— Je ne l'ai pas rendu responsable de ce lâchage... Bien plus, c'est moi qui en ai pris la responsabilité...

— Pourquoi ? puisque vous l'aimiez, vous l'avouez implicitement...

— Je n'ai pas à m'en défendre et je puis vous dire les raisons de mon renoncement. A Paris, nous ne respectons pas assez les préjugés si en province on en est trop esclave. De là pouvaient naître des conflits entre nous, entre lui et ses parents...

« Je n'ai pas voulu l'exposer à tous ces ennuis.

— Et vous vous êtes sacrifiée, bonne fille.

— Un peu... Et un être indigne a voulu profiter du désarroi de mon cœur... Ne pouvant abuser de moi à son aise, il vient de me laisser en peine pensant que je lui reviendrai soumise et résignée à tout...

Elle poussa un profond soupir.

— Et vous regrettez, pauvre petite, de ne pouvoir vous soustraire à ce triste sort...

— Hélas ! vous devinez les pensées que je n'ose m'avouer à moi-même sans frémir d'horreur.

Me Antoni jeta sur la pauvre enfant un regard apitoyé.

— Allez, dit-il, je sais bien d'autres choses, qui seront vérifiées par de plus subtils que nous.

« Les deux noms que vous m'avez donnés ne sont pas tombés dans l'oreille d'un sourd...

— Oh ! je ne voudrais pas que vous abusiez de ma confidence...

— Cependant je n'ai pas à hésiter... Sachez qu'un meurtre affreux, suivi de vol, a été commis dans le pays. Votre ancien ami fut en suspicion.

« Et tout me porte à croire que ce sont vos deux chenapans que l'on doit accuser... Voulez-vous que Jacques Darmagne supporte le châtiment de leur crime ?...

— Oh ! Jacques est innocent !...

— Vous vous êtes trahie, ma belle, et vous devez tout dire pour sauver celui-là.

— Mais je vous ai dit tout ce que je savais.

Et Friquette fixa un regard plein d'inquiétude, de candeur et de franchise auquel l'avocat retors ne pouvait se méprendre.

Cette fille était sincère.

— Je vous crois, dit-il, mais vous devez donner à la justice certains faux témoins que soldateront la religion diront la certitude et lui feront découvrir les traces de ceux qui vous ont abandonnée pour fuir.

« Il faudra aussi prouver que vous n'êtes pas leur complice. »

— Leur complice, quelle horreur ! Se peut-il que je sois compromise sans le savoir ?

— Ça arrive souvent, voyez le cas de Jacques Darmagne. Venez avec moi demain matin, je vous montrerai mon dossier, composé de coupures de journaux, notes et autres pièces.

« Vous comprendrez tout ! Nous irons ensuite trouver qui de droit pour vous disculper et disculper Jacques Darmagne et autres.

« Nous partirons demain à la première heure pour Figeac. En attendant, dormez, ma petite.

« Je vais m'entendre avec la patronne pour payer la note en ce qui concerne...

— Oh ! merci. Mais vous ne restez pas ?

— Non, plus tard, on verra. Vous m'avez touché avec le récit de vos malheurs. Et je n'ai plus le goût à la gaudriole.

« Vous valez mieux que ça. On va tâcher de vous faire un meilleur sort, si vous faites ce que vous devez.

— Oh ! mais Belle-Gueule et le Costaud vont me tuer, moi, s'ils le savent.

— Oh ! ne craignez pas ces bandits : leur compte est bon et ils ne souilleront pas longtemps le sol de notre doux pays.

— Je m'en rapporte à vous, cher Maître, fit la jeune fille avec une soumission nullement jouée.

— Sur ce, bonne nuit ! mon enfant, et à demain !

Il se retira solitaire et pensif en son hôtellerie respective et mit long temps à s'endormir.

— Du diable ! se disait-il en se retournant en son lit, comme saint Laurent sur son gril, si je pensais trouver ainsi la solution de l'affaire du Castel des Goles !...

« Car il n'y a pas à dire, je tiens le filon, quitte à ces messieurs de la justice de le suivre jusqu'au bout.

« Eh ! eh ! M° Golin rirait bien s'il devinait comment s'est terminée pour moi l'aventure qui promettait d'être si croustillante.

« Mais, sauver un innocent, repêcher une jeunesse en perdition, ça vaut bien la peine de sacrifier une trop facile conquête. N'en suis-je pas le premier récompensé ?...

« Une bonne action est plus tentante... »

Et, sur cette pensée morale, M° Antoni Bonnard s'endormit du sommeil du juste.

XIV

Heur et malheur

Les trois protagonistes de la justice, le juge, le procureur et le policier, eurent vite fait de débrouiller le fil découvert par M° Antoni auprès de la charmante Ariane.

Ils recueillirent les aveux de la mignonne auxiliaire que le ciel, ou plutôt le diable, qui tenta l'avocat gaillard, leur avait envoyée.

Ils eurent tôt fait d'acquérir une conviction absolue que tous les témoignages vinrent corroborer.

Max Blin, muni des pouvoirs nécessaires et précédé de télégrammes annonciatifs et préparatoires, prit l'express de Paris et alla promptement cueillir les coupables aux nids indiqués par la femme qu'ils projetaient de perdre afin d'en mieux profiter.

Belle-Gueule et le Costaud furent appréhendés par ses agents et, les menottes aux mains, à la prison de Figeac, puis à celle de Cahors quand leur inculpation fut suffisamment établie.

Pressés de questions par le juge, confondus par les témoins, cuisinés par Max Blin, ils se décidèrent à « se mettre à table » et avouèrent leur crime.

Ils ne pouvaient nier, vu leurs tentatives de vendre argenterie et bijoux dérobés chez l'infortuné Alcide Bergognoux.

On en retrouva d'ailleurs une partie entre leurs mains. Ce gibier d'assises ne pouvait éviter sa destinée...

Au dîner de fiançailles que donna un mois après Mme Darmagne, on parla encore un peu de ces bandits...

Ce fut François Bergognoux qui, ayant humblement sollicité une place à ce banquet, qualifia l'action de ces misérables dont on maudissait les méfaits.

— Ils ont suivi leurs penchants et la mauvaise voie où ils étaient entraînés.

« Et, comme d'un mal découle un bien, la Providence a voulu que leur exécrable crime ait provoqué la solution de quelques difficultés que vous connaissez...

« Par un système de compensation, j'ai été remis dans la voie de l'honneur et de la vertu, après le son de cloche qui m'a ouvert les yeux.

« Jacques est rentré dans la place qui lui revenait de droit et en possession d'un cœur dont tout autre eut été indigne...

— Enfin, tout va pour le mieux dans le meilleur des mondes, murmura la fiancée rayonnante.

— Et il ne nous resterait plus, fit Jacques, un peu émoustillé par le champagne, qu'à lever notre coupe en l'honneur de Belle-Gueule qui a déclanché du coup toute notre joie d'aujourd'hui...

— Hum ! Belle-Gueule, ronchonna Me Antoni qui était de la fête, n'en parlons pas ; la Veuve le guette...

« Toastons plutôt en l'honneur de Friquette, qui fut l'instrument de la Providence.

« Qu'en dites-vous, maître François ?

— J'avoue que l'instrument est plaisant à contempler... Surtout quand il vient nous sauver de la prison et du reste...

— J'espère que vous serez reconnaissant du service rendu et que vous m'aiderez à opérer un sauvetage...

— Vous pouvez être assuré de tout mon concours, repartit avec feu François.

« Je pars prochainement pour Paris où je vais prendre la place de Jacques chez Me Borrus, je m'occuperai de la petite.

— Tâchez aussi, fit Me Antoni à mi-voix, de prendre au cœur de Friquette la place qu'y occupait Jacques.

« Elle est aussi vacante.

— Dame ! c'est à voir... J'étais prédestiné à faire comme le coucou, à prendre le nid des autres...

— Résignez-vous, mon cher, puisque celui-là ne vous sera pas disputé... C'est un trésor qu'on vous laisse, je ne vous dis que ça.

« Le tout est de savoir se l'approprier ce cœur à prendre.

— On tâchera, murmura François en jetant toutefois un regard d'envie sur Jacques qui, tendrement, causait avec sa charmante fiancée.

Leur mariage eut lieu avant la grande guerre qui vint troubler leur lune de miel et forcer Jacques à confier son étude à un nouveau remplaçant, non tenu par son âge au patriotique devoir...

François dut aussi quitter Friquette.

Ils partirent tous deux comme sous-lieutenant de réserve. Mais l'un comme l'autre laissaient à leur femme un témoignage vivant de leur amour...

Ce fut François Bergognoux qui revint le premier en congé de la guerre.

Me Antoni, de passage à Paris pour une affaire qu'il suivait en cassation, rencontra l'ancien tabellion de Saint-Espanact sur le boulevard du Palais.

Bras dessus, bras dessous, il cheminait avec l'heureuse Friquette dont la maternité s'accusait rondelette.

— Ah ! cher maître, quel bonheur de vous revoir ! Et comme vous tombez bien !...

— Je te dis tant mieux, mon cher ami, avant que tu ne m'expliques pourquoi ma rencontre te ravit de la sorte... Mais qu'as-tu fait de ton bras gauche ?

Paraîtra le **20 Mai**, sur **64 pages** !

RIEN QU'AMIS

par LOUISE ASSER

LES MYSTÈRES DE PARIS

L'immortel chef-d'œuvre du grand conteur populaire Eugène Sue

Édition COMPLÈTE en un fort volume de 500 pages

Prix : 3 francs

Envoi franco contre 3 fr. 25 en mandat, bon ou timbres.

Collection des Petits Chefs-d'Œuvre

Nouvelle Série

Deux fois par mois

Un magnifique volume, couverture en couleurs
au prix de 30 cent. seulement

VOLUMES DÉJA PARUS :

- N° 1. — LE ROMAN D'UNE DÉTRAQUÉE, par H.-R. WOESTYN.
- N° 2. — VIERGE AMOUREUSE, par Charles GROVE.
- N° 3. — L'ENFANT DE LA HONTE, par Henriette LANGLADE.
- N° 4. — COMÉDIENNE, par Max DERVIOUX.
- N° 5. — LA CORDE FATALE, par Gaston RAYSSAC.
- N° 6. — LES ORAGES D'UN CŒUR, par René LE MOINE DE LA GUERCHE.
- N° 7. — FEMME DE PROIE, par GELIN-NIGEL.
- N° 8. — MARCELLE ET SA MÈRE, par Paul de GARROS.
- N° 9. — LA DEMOISELLE AU LOUP NOIR, par Marius BOISSON.
- N° 10. — LE CŒUR SAIGNE, par Georges de BOISFORÊT.
- N° 11. — MEURTRIE PAR LA VIE, par J. DEMAIS.
- N° 12. — EXIL D'AMOUR, par F. DUMAINE.
- N° 13. — MIDINETTE, par Maurice NOEL.
- N° 14. — LA BELLE ENDORMIE, par Gustave LE ROUGE.
- N° 15. — LA REINE DE LA PLAGE, par MARC MARIO.
- N° 16. — LE GOSSE DU PAVÉ, par Claude LEMAITRE.
- N° 17. — CHASSÉE DU FOYER CONJUGAL, par Maurice PICARD.
- N° 18. — JUANA LA GITANE, par Henriette LANGLADE.
- N° 19. — LA FAUTE D'UNE AUTRE, par H.-R. WOESTYN.
- N° 20. — LA FIANCÉE DU PÊCHEUR, par JULES DE GASTYNE.
- N° 21. — JUSQU'AU SANG, par Jean DE GARROS.
- N° 22. — CELLE QU'ON AIME, par René MIGUEL.
- N° 23. — LES AMANTS DE SICILE, par Gaston RAYSSAC.
- N° 24. — LES FOUS D'AMOUR, par Georges BEAUME.
- N° 25. — FIFILLE, par Suzanne BRU.
- N° 26. — LES ABIMES DU CŒUR, par Maurice PICARD.
- N° 27. — LA PETITE CANTINIÈRE, par Georges SPITZMULLER.
- N° 28. — L'APPEL DE L'AMOUR, par Henri DE MONTFORT.
- N° 29. — VOLEUSE D'AMOUR, par Ferdinand DUMAINE.
- N° 30. — LE MARI DE THÉRÈSE, par Edouard PINON.
- N° 31. — LA FAUTE D'AIMER, par Charles GROVE.
- N° 32. — LES DRAMES DU CŒUR, par René D'ANJOU.
- N° 33. — LE CRIME D'UNE VIERGE, par J. MARC-PY.
- N° 34. — LES AMOURS D'ISABELLE, par Emile QUINTIN.
- N° 35. — L'OMBRE NOIRE, par Marius BOISSON.
- N° 36. — LA MAIN QUI ÉTRANGLE, par Paul GELIN-NIGEL.
- N° 37. — AMOUR CONTRARIÉ, par MONTLANDON.
- N° 38. — SECRET MORTEL, par René MIGUEL.
- N° 39. — LA CONQUÊTE D'UN CŒUR, par Henriette LANGLADE.
- N° 40. — LE DESTIN DES ROSES, par Michel NOUR.
- N° 41. — ET L'AMOUR VINT..., par Henri de MONTFORT.
- N° 42. — CŒUR DE FEMME, par Auguste LESCALIER.
- N° 43. — MAUDITE ÉTREINTE, par Paul de GARROS.
- N° 44. — MADEMOISELLE JEANNE, par Gustave LE ROUGE.
- N° 45. — FLEUR DE GRÈVES, par Jean de KERLECQ.
- N° 46. — LA VOIE MYSTÉRIEUSE, par René d'ANJOU.
- N° 47. — LÈVRES MENTEUSES, par HENRIETTE LANGLADE.
- N° 48. — POUR UN BAISER, par DELPHI-FABRICE.
- N° 49. — LE CŒUR DE JACUELINE, par PAUL DAROY.
- N° 50. — ERREUR D'AMOUR, par HENRI DE MONTFORT.
- N° 51. — MIMOSA, par G. DE FONTBESSE.
- N° 52. — LE BAISER MORTEL, par GILLES ROSMONT.
- N° 53. — TIENNETTE, par R. DE THIVERVAL.
- N° 54. — AMOUR DE CABOTINE, par J. MARC-PY.

Envoi franco de chacun de ces magnifiques romans contre
35 c. en timbres adressés à la

Collection des Petits Chefs-d'Œuvre

94, Avenue de la République, PARIS

Abonnement de 3 mois (13 volumes consécutifs).......... 4 fr.
— de 6 mois (26 volumes consécutifs)......... 8 fr.
en mandat ou bon de poste envoyé à la même adresse.

LES ROMANS CHOISIS

Luxueuse série de volumes à 75 centimes
comprenant chacun un **ROMAN COMPLET**

VOLUMES DÉJÀ PARUS

EN VENTE PARTOUT

N° 1. GERMAINE, par LUCIEN PEMJEAN (Épuisé)
N° 2. AMOUR D'ARTISTE, par FERDINAND DUMAINE (Épuisé)
N° 3. CŒUR DE CRÉOLE, par JULIEN MAUVRAC
N° 4. NINI-VERTU, par PAUL BRU
N° 5. JEANNE, LA PETITE MONTMARTROISE, par JULES HOCHE
N° 6. SUZANNE, par la Comtesse XAVIER D'ARLAC
N° 7. TOURMENT D'AMOUR, par GASTON RAYSSAC
N° 8. DU CŒUR AUX LÈVRES, par PAUL DE GARROS
N° 9. LA PETITE PRINCESSE, par JULES DE GASTYNE
N° 10. AME CONQUISE, par RENÉ D'ANJOU
N° 11. CRUELLE BEAUTÉ, par GUSTAVE LEROUGE
N° 12. L'ENFANT DU MALHEUR, par MARC MARIO
N° 13. PÉCHÉ DE JEUNESSE, par PAUL BRU
N° 14. ENTRE DEUX CŒURS, par JACQUES SORRÈZE
N° 15. LES GANTS BLANCS DE SAINT-CYR, par A. BRUNO
N° 16. LES NOCES DE GERMAINE, par LUCIEN PEMJEAN
N° 17. LA PETITE GUIGNOL, par MIETTA MARIO
N° 18. SUPRÊME TENDRESSE, par PAUL DARCY
N° 19. ON MEURT D'AMOUR, par FERDINAND DUMAINE
N° 20. BEAU BLOND, par H. R. WOESTYN
N° 21. MIRAGE D'AMOUR, par GEORGES DE BOISFORT
N° 22. LE MAL DE VIVRE, par GEORGES MALDAGUE
N° 23. FLEUR D'IRIS, par JULIEN MAUVRAC
N° 24. VISION TRAGIQUE, par FREDANE
N° 25. CORRUPTRICE, par JULES HOCHE
N°s 26 à 30. LES MYSTÈRES DE PARIS, par E. SUE (5 volumes)
N° 31. L'INEXORABLE AMOUR, par la Comtesse XAVIER D'ARLAC
N° 32. LE ROMAN DU MODÈLE, par HENRY DE CHAZAL
N° 33. PETITE NANETTE, par PAUL BRU
N° 34. SOUS LES MIMOSAS, par JULES HOCHE
N° 35. LA BIEN AIMÉE, par PAUL ROUX
N° 36. FAIBLES CŒURS, par HENRY FRICHET
N° 37. FINE, par GEORGES BEAUME
N° 38. DOUCE FIANCÉE, par EDOUARD PINON
N° 39. DEMI-FEMME, par JACQUES YVEL
N° 40. VAGUES D'AMOUR, par RENÉ D'ANJOU
N° 41. UN PEU... BEAUCOUP... PASSIONNÉMENT... par CL. LORRAIN
N° 42. L'ABANDONNÉE, par ALLIE DALMONT
N° 43. QUI ? par FERNAND LAFARGUE
N° 44. LE MANNEQUIN DE CIRE, par JULES HOCHE
N° 45. BEAUTÉ PERFIDE, par RENÉ MIGUEL
N° 46. CŒUR DOMPTÉ, par EDOUARD PINON
N° 47. LA RANÇON DU BONHEUR, par PAUL BRU
N° 48. MANDOLINA, par AUGUSTE LESCALIER
N° 49. LE CŒUR INCERTAIN, par PAUL DE GARROS
N° 50. LE CŒUR BLESSÉ, par HENRY DE CHAZEL
N° 51. M'AMOUR, par MAURICE LANDAY
N° 52. LE ROMAN DE SIMONE, par JACQUES YVEL
N° 53. MARIAGE DORÉ, par JULES HOCHE
N° 54. LA PIERRE D'AMOUR, par MAURICE LANDAY
N° 55. LA VIE L'EMPORTE, par JEAN PETITHUGUENIN
N° 56. DEUX FEMMES, par MARCEL LUQUET
N° 57. AUBE D'AMOUR, par HENRY FRICHET
N° 58. SÉDUCTRICE, par ALLIE DALMONT
N° 59. LE BAISER D'AMOUR, par GEORGES BEAUME
N° 60. PREMIER ÉMOI, par PAUL ROUX
N° 61. SUZY LA BLONDE, par PAUL DARCY
N° 62. SŒURS RIVALES, par EDOUARD PINON
N° 63. LA FEMME INCONNUE, par EMILE QUINTIN
N° 64. FEDORA, par JULES HOCHE
N° 65. LES YEUX ÉTEINTS, par JEAN DE KERLECQ
N° 66. L'HEURE D'AIMER, par PAUL BRU
N° 67. CHANSON D'AMOUR, par PAUL DARCY
N° 68. L'AMOUR VAINCU, par JEAN-GEORGES BARBARIN
N° 69. RIVALE DE SA FILLE, par PAUL DE GARROS